ファン文庫

ようこそ幽霊寺へ

彷徨う霊の秘密の恋

著　鳴海澪

マイナビ出版

目次

✦プロローグ

時は三月、まさに春。

美しき昼の光よ、そよ風よ。

松恩院《しょうおんいん》の境内の木々が芽吹き始め、空は明るく、日差しに温もりが感じられる。

（ああ、春っていいなあ……雪国の皆さま、お先にすみません。そちらが春の頃、こちらは梅雨でカビカビか、クソ暑いかのどちらかですので、お許しください）

今やそれほど季節の到来に地域差はないだろうが、仏門にあるものとして佐久間《さくま》慧海《えかい》は一応、平等であることを心がける。津々浦々の皆さまに心中で詫びてから竹箒《たけぼうき》を握りしめ、胸一杯に春の息吹を吸い込んだ。

（ほんのりあったかくて朝の読経《どきょう》がつらくないし、落ち葉がなくて、掃除も楽だ。こういうのを我が世の春って言うんだろうなあ）

かなり間違った感慨を抱きながら、慧海はぽつぽつと訪れる参詣客《さんけいきゃく》を眺める。

都内の閑静な住宅地にある松恩院は、京都に本山を置く浄土真宗《じょうどしんしゅう》の一派に属している。

それなりに広い境内に建つ切妻造《きりづまづくり》の屋根の本堂はそこそこ立派だが、裏手が自宅というコンパクトな造りで近隣に溶け込んだ寺だ。

住職である父が「よりいっそう皆さまのお役に立つために」という名目で造った地下と

本堂裏の納骨堂が何よりの収入源になっている。

一時期、恋愛成就に御利益があるという根も葉もない噂が流れて、ちょっとした松恩院ブームが巻き起こった。父がそれに乗じてさらなる増益をはかろうとしたが、流行《はや》り物の常として、その騒ぎも一過性に終わった。

だが、そのブームが落ち着いた今でも、若いカップルの訪れはそれなりにある。

（これぐらいが、ちょうどいいよ。何事もほどほどがいいんだ）

慧海と同じ年頃の若いカップルが顔を見合わせて笑いながら、慧海のほうへ近づいてくる。

「何、食べたい？」

「うーん……モモっちは？」

「麺類かな。ハルくんは？」

「ラーメン系」

「それってラーメンしかないじゃない。ずるぅい」

僧侶の姿をした慧海にまったく関心を払うことなく、二人は視線を合わせるようにして境内を出て行く。

（すげぇ……あれで笑えるんだ。全然たいしたことなんか言ってないのに、恋の力ってすごい。モモっちだってモモっち。たぶん桃子とか桃花とかで、ハルくんは春樹あたりかな。彼氏の名前はどうでもいいけど、俺ならモモちゃんって呼ぶな。そのほうが響きとして好きかな……いいなぁ……）

いつもは感じない羨望が、松恩院僧侶として袈裟《けさ》をまとった慧海の胸に不意にわき上がる。

松恩院の敷地内限定の極めて狭い範囲だが霊体が見え、これもまたごく限られるが、大切な人の生命の危機を漠然と知ることができるという、要りもしない能力が備わったために、一生恋をしないと決めた人生だ。

（身近な人が揺れて虹色に光って見えると、一週間以内にその人に命の危険があるような災難が降りかかるんだよな……でもさ、いつどこでどんな災難かっていう基本的なことがまったくわからないのに、見えてどうすんだよ。なんの役にも立たないって……しかも虹色に光るんだよ、ご丁寧に虹色。揺れるだけならともかく虹色って派手過ぎじゃないか？）

慧海は自分にとっては嫌みでしかない能力を悲しく思う。

（一寸先は闇って言うけど虹色よりマシだよ。だいたい、先がわからないから楽しく暮らせるんだよ。これを言った人はわかってないね）

慧海は箒を動かしながら考える。

（恋をするだけが青春じゃないけどさ、境内の掃除ばっかりしてるのは間違いなく青春じゃないよな。恋か……恋かあ……楽しいってことは知ってるけど、そのあとが怖いんだよな……俺）

この三月で二十六歳になったばかりの慧海は、やるせない気持ちで箒を使う。

（いっそ、妻帯できないカソリックの司教だったらこんな気分にならなかったかも……なんせうちの宗派は自由だからな。肉食も妻帯もＯＫってゆるゆるな感じだけど、実のところそうでもない。自分で自分を律しないと駄目って、案外厳しいんだよ）

「松恩院さん。こんにちは」

ぐだぐだと考えていると急に声をかけられて慧海は慌てた。

「あ――ああ、佐藤源治郎《さとうげんじろう》さんの……陽向《ひなた》くん」

眩しい春の日差しよりもっと明るい笑顔で、佐藤源治郎の孫の陽向が慧海に頭を下げた。

佐藤源治郎は松恩院の地下にある納骨堂で弔っている故人だが、霊体となって松恩院の敷地を闊歩していて、霊体が見える慧海を悩ませている存在だ。

「ようこそいらっしゃいました……今日は……」

「はい、お祖父ちゃんのお墓参りに来ました」

慧海が全部を言う前に、はきはきと答える陽向の後ろで、連れの女の子が慧海を見て恥ずかしそうに瞬きをする。

「こんにちは、お邪魔します」

お辞儀をした彼女の頬に、天使の輪を作る黒髪がさらさらと美しい音を奏でるように落ちる。

（あ、あの子だ。前に陽向くんと一緒にいた……そう、早紀《さき》ちゃんだ）

去年の夏、受験勉強に忙しい陽向が墓参りに来られないばかりか、恋もできずに青春を無駄遣いしているのではないかと、源治郎は案じていた。霊体とはいえ源治郎の元気のなさを心配した慧海が佐藤家まで陽向の様子を見に行ったときに、彼がガールフレンドらしき女の子と立ち話をしているのに出くわした。そのとき、陽向が「受験が終わったら行ってみない？」と彼女を松恩院へデートに誘っていたのを耳にした。

(うん、あのときの子だ)

去年の夏の記憶を引っ張り出すことに成功した慧海は、二人に向かって微笑んだ。

「もう学校はお休みですか？」

「はい、卒業式も終わりました。それで時間ができたので、お祖父ちゃんに高校受験の合格を報告に来ました」

「そうですか。それは、おめでとうございます。もしかしたらお二人とも同じ高校ですか？」

水を向けると、陽向と早紀が顔を見合わせてふふっと笑う。

「そうなんです……それで……お参りに付き合ってもらって……」

さっきまでの歯切れの良さが消えて、もごもごと照れくさそうな口調になった。だが早紀を見る目はきらきらとして、陽向の気持ちが溢れ出る。

(高校受験に合格して、かわいい彼女と大好きなお祖父ちゃんのお墓参り……まさに、我が世の春って気持ちなんだろうな)

今度はかなり正しい使い方をして、慧海は二人に頷《うなず》く。

「良かったですね。源治郎さんもさぞお喜びになるでしょう」

その言葉に陽向は嬉しそうな顔で、もう一度慧海に頭を下げた。

「じゃあ、失礼します。……行こうか、早紀ちゃん。納骨堂は地下なんだ」

早紀を促して陽向が寺に向かって歩き出す。

水色のシャツジャケットと、薄いピンクのロングカーディガンの大人になりきらない細い肩が並び、揺れながら慧海から遠ざかる。ときおり顔を見合わせ、笑う声は聞こえなくても、仲の良さは伝わって来た。

(帰りにハンバーガー食べる？　とか言って盛り上がってるんだろうな。そうだよな……恋ってそういうものだよ。向かい合って水だけ飲んでても、坊さんが掃除をしてたって話題だけでも楽しいもんだよ。良かったな、陽向くん、おめでとう。君の人生は順風満帆だ)

再び箒を動かしながら慧海は陽向の恋を心広く祝福する。

源治郎も孫がかわいい彼女を連れてお参りに来てくれたとあれば嬉しいだろう。

(最近、ちょっと元気がないからな、源治郎さん)

霊体にバイオリズムがあるのかどうかは不明だが、源治郎が悄《しょ》げているのは確かだ。

(目の前で子どもが怪我をしたんだから、無理もないけど……間が悪かったんだよな)

箒を持った手を止めて、慧海は青くなっていた源治郎を思い出す。

一週間ほど前のことだが、地下の納骨堂にお参りに来た子どもが、親が納骨壇に手を合わせている間に、階段で遊んでいて足を滑らせ転げ落ちた。ちょうど漂っていた源治郎はそれを見て、急いで手を差し伸べたらしいが、どうにもならなかった。霊体の源治郎は人に触れることなどできない。

そのとき慧海は外出していたし、住職の父もその場にいなかった。源治郎は誰に救いを求めることもできず、衝撃で泣き叫ぶ子どもを助けることも、慰めることも叶わない。その子の親を呼んでくることすらできない。

もちろん子どもの泣き声に驚いた親が飛んできたし、騒ぎに気づいた父も駆けつけて、すぐに病院に運んだ。

(擦り傷だけで済んだのは本当に良かったんだけど、源治郎さんはすごいショックを受けたんだよな)

目の前の子どもさえ助けることができない霊体である事実を、改めて突きつけられたのだろう。

あれ以来、少しぼんやりとしているし、福々しい顔に艶がない。

(でも霊体なんだから、仕方がないんだよ。成仏しないってことはそういうことなんだよな。現世の喜びも見えるけど、つらいこともまた味わわなくちゃならないんだ。どう考えてもいいこととは思えないよな)

箒をお座なりに動かしながら、慧海は源治郎の行く末を思う。

源治郎は何故いつまでも成仏しないのだろうか。まだ思い残したことがたくさんあるのだろうかと、慧海は源治郎について知っていることをあれこれと考えた。

（あ、そうだ。源治郎さんは陽向くんにガールフレンドを作れって発破をかけてたんだよな。ということは、たった今、源治郎さんの願いがひとつ叶ったってことになる。つまりだ、源治郎さんは成仏できる可能性が増えたのかもしれない）

不意に芽生えた希望に、恋をしていない慧海にもあたりがきらきらと輝いて見えた。

掛け軸の女

1

差し出された菓子折りは、その包み紙とずっしりとした重さで、有名どころの羊羹《ようかん》だと即座にわかる代物だ。

客間の畳が沈み込みそうな重量感がある。

（すごい……うちにこんなすごいブツがくるなんて。これは日頃修行に励む新米僧侶への御仏のお恵みでしょうか？）

特に甘いものが好きというわけではない慧海だが、高価な手土産が発するオーラに圧倒されずにはいられない。

（これが金の力か）

一竿数千円もする羊羹に慧海の心は俗っぽくざわめくが、隣に座る松恩院住職の父、成《なり》朋《とも》はいつもと同じようにゆったりとした口調で挨拶をする。

「いらしていただくだけで充分にありがたいことですのに、このようなお気遣いまでとは誠に恐縮です、小山内《おさない》さん。どうぞお気軽にお越しください」

「ありがとうございます。こちらこそお忙しいのに、突然お邪魔して申し訳ありません。ご住職」

高校時代山岳部員だったと聞いている小山内典弘《のりひろ》は、がっちりした身体を縮めて頭を下げる。

松恩院の納骨堂で祖父母と父を供養している小山内の家は寺にとっては大切な檀家だ。しかも節目節目の法要は言うに及ばず、命日のお参りもかかさないという律儀さは、松恩院の檀家の中でも五本の指に入る熱心さだ。

もちろん人には都合も事情もある。心の中で故人を思うだけでも充分な法要になる。とはいえ、寺に顔を出してくれる檀家がありがたいことは間違いがない。

(区別してるわけじゃないけど、物理的距離が近くなると、心理的距離も近くなるってことだよな)

慧海は菓子折りを視界の中に入れつつそう納得する。

「いえいえ。忙しいことはまったくありません。な、慧海？」

「はい。住職に時間はたっぷりあります」

ラジオ体操の時間はとっても、境内の掃除を慧海に任せっぱなしの父に、慧海はにこやかに答える。

「息子はまだまだ修業中なので暇なのは少々問題なのですが、寺が暇なのは世の中が平穏無事なこととありがたく思っております」

慧海の皮肉など軽やかに父は受け流す。

「それで、今日は特別にご用がございましたか？」

茶を啜って少し落ち着いた様子の小山内に、父は水を向けた。故人の命日でもなく、盆でもない時期に、手土産を持ってやってきたのには何か深いわけがあるだろうことは、慧海にもわかる。

まだ五月と本格的な夏は遠く、さほど暑くもないのに滲《にじ》み出る額の汗を拭った小山内は何度も瞬きを繰り返した。

「……ちょっと……困っていると言いますか……なんと言いますか……人様が聞くと、嘘のようで、大げさなつまらないことのような気もするんですが……」

「なるほど」

何がなるほどなのか――いかにも適当な相づちだと思いながら慧海は父を横目でちらっと見たが、父は得心したように深く頷き、小山内を見返している。

「本当に、困ったことというものは毎日起きるものです。小山内さん。人の数だけ困ったことはあるものだと思いますよ。些細なことですが、私も今朝から爪切りが見つからなくて難儀《なんぎ》しております。誰にもわかってもらえませんでしたが、当事者は実に困っているものなのです」

そういえば朝食のときに、足の指に小爪ができて痛いのに、爪切りが見つからないとぶつぶつ言っていた。慧海も母も「どこかにあるんじゃない」と言って、放っておいたのだが根に持っているらしい。

こんなところで嫌みたらしく当てこするなんて、父もまだまだ修行が足りないと慧海は内心笑いをかみ殺した。

「ですから、悩みは人それぞれ。人様からどう見えるかなど関係ありません。ご相談に乗れるかどうかはわかりませんが、伺うことはできます。遠慮なさらずにお話しください。話しているうちに物事が整理されて、案外解決策が見つかるかもしれません」

聞きようによっては、責任回避の伏線を張っているとも言えるが、小山内はほっとしたように軽く頭を下げてから口を開いた。

「実は、相談というのは、息子の楓磨《ふうま》のことなのです」

「楓磨くん……確か中学……二年生でしたね？」

「そうです。よく覚えていらっしゃいますね、ご住職」

正直にそう口にする小山内以上に慧海も驚いた。小山内に娘と息子がいるのは覚えていたが年齢までは把握していない。

（親父、すげぇ……）

松恩院はそれほど大きな寺ではなく、檀家もそれに見合った数だが、完璧に覚えているかとなると心許ない。地下の納骨壇の管理代表者はなんとかわかるが、その家族ともなると正確には覚えていない。

（滅多に来ない人も多くて、一回きりしか会わない人もいるんだから普通無理だって。源治郎さんのことなら否応なく覚えたんだけどさ）

未だに成仏せず、納骨堂どころか、松恩院中を自在に徘徊《はいかい》し、自分のテリトリーだけで霊体が見えるという慧海のチープな超能力を刺激する佐藤源治郎は別だ。

源治郎の家族のことなら名前も顔も、年齢も、勤務先も通学している学校もわかる。もっと言えば、陽向のガールフレンドも知っている。

(そんなの全然自慢にならない……俺、やっぱり修行が足りないのかな)

そこまで深く関わらないと覚えられない自分の未熟さに慧海は内心恥じ入り、爪切りぐらい探してやれば良かったと少しだけ反省する。

「中学生ぐらいになると、勉強や交友関係など悩みも増えることでしょう」

息子に芽生えた反省心など気づくことなく、父は小山内に先を促した。

「勉強のことならいいんです……」

小山内は深く吐いた息に困惑を滲ませる。

父も少し眉をひそめて、なんだろうなという顔で、一瞬慧海に視線を投げてきた。

だがためらうような沈黙のあと、小山内自ら口を開く。

「楓磨が、夢におかしな人が出てくると言うんですよ」

「おかしな人？　と言いますと……」

「……幽霊って言うんでしょうか？　夢に出てくるのをそう言っていいのかどうかわからないんですが……息子が幽霊に違いないと言い張るんです。女の幽霊ということしかわからないんですが、毎晩毎晩出て来て、気味が悪いと。どういうふうに、何が気持ちが悪いのか詳しいことは言いたがらなくて……実際のところはよくわからないんです。ですが、勉強も手につかなかったり授業中に寝てしまったりすることもあるようで、先日、学校から注意を受けまして、これはただ事ではないと思ったのです」

「なるほど。それは尋常なことではなさそうですね」

父の同意に小山内が救われたように息を吐く。

「あの年頃の不安定さからくるものかと素人なりに考えて、思春期外来にも連れて行ったんですが、夢は続いているようなんです。こうやって……なんと言うか、崇《たた》られているんじゃないかと妻が言い出したものですから……それでご相談に上がりました」

汗を拭き拭き、小山内は最後は口早に言い切った。

「なるほど。おっしゃることはわかりますが、祟りというのはそういうものではないと思います」

先ほどと同じ言葉を言いつつ深く頷いたものの、今度はやんわりと否定する父に慧海も内心同意する。

松恩院が所属する宗派では『祟り』などという考えはない。もっと言うならば、人は皆、現世の命を失えばすぐに成仏するという教えの下《もと》、『幽霊』や『魂』という考え方もしない。

（そりゃまあ、俺は否応なく見えちゃうから、幽霊なんていないとは言えないんだけど）

霊体になって現世を漂う源治郎のような存在を知る慧海は、『魂』の存在も信じざるを得ない。だから以前、源治郎の孫の陽向に「人の魂は消えることはない」などと言ったのだ。

（あれ、本山に知れたら、教義から勉強のやり直しを命じられるよな）

そうは思うが、真実は真実。

言葉は生きもの、仏の教えも生きもの――ではないかと慧海は未熟な僧侶なりに最近考えている。

学生時代に読んだ高名な神父が書いた本に、西洋文明の中で育まれたキリスト教の教えを日本の文化に添わせていくことも大切だというような意味の一節があった。

（そうだよな。時代に即していかないとどんないい教えも取り残される。これからを生き残っていくには何事も柔軟さが必要だよ）

小山内の話を聞きながら都合のいいことを考えていると、慧海よりもっと思考が柔軟で適当な父が、慧海のほうを見た。

「では、慧海。小山内さんのお宅にお伺いして話を聞いてきなさい」

「え？」

思わずそう口に出た慧海は慌てて取り繕う。

「こういうことはやはり住職でないと、小山内さんも安心できないのではありませんか？」

それとなく小山内に同意を求めるが、小山内が何か言う前に父が割って入った。

「息子さんはまだ中学生だ。年の近いおまえのほうが何かと話しやすいだろう。話を聞いてさしあげなさい」

「……はい。わかりました」

父とは言え、上司から言われれば従うしかない。嫌なら他の寺へ行くか、還俗《げんぞく》するかだが、霊体が見えたり、近しい人の生命の危険が察知できたりする慧海の場合はそう簡単なものではない。

日頃は無茶を言いつつも息子のチープな特殊能力を知り、案じてくれる父の許《もと》で僧侶として勤めるしかないのだ。

「……聞いたことがないようなお話ですので、お役に立てるかどうかわかりませんが」

「最初からそういう心がけではいけない。何事もできると信じ、精一杯やるのが大切だ」

もっともらしくそう言った父は小山内のほうへ向き直り、地蔵菩薩《じぞうぼさつ》のような顔に慈悲深い笑みを浮かべた。天然剃髪の頭部が、父の笑みに一種の荘厳さを与える。

「そういうわけで、息子を行かせます。まだまだ未熟者で何ができるかわかりませんが、ご子息のお話をお聞かせください」

「ありがとうございます」

ふかぶかと頭を下げた小山内に倣い、慧海も頭を下げた。

2

小山内が相談にきた翌週の日曜日、白衣《はくえ》と間衣《かんえ》、そして輪袈裟《わげさ》という出で立ちで慧海は小山内の自宅へ向かう。相変わらずつんつんに切った髪はムースをつけてがっちりと固め、僧侶スタイルの仕上げにもぬかりはない。

だが心の中は外見と違い、迷いと不満だらけだ。

(なんで俺に丸投げなんだよ？　いくら幽霊が見えるからってなんでも押しつけるな。ほんと、調子いいんだから。何事もできると信じてやれとか、どの口が言うんだよな、まったく。そんなに言うなら自分でやればいいのに。これって完全にパワハラだよな？)

止め処なく文句が溢れてきて止まらない。

(だいたい、夢に変なものが出てくるっていうのは、起きている間に何かやばそうな刺激を受けたってことなんじゃないのか？　ホラーゲームをやりこんだとか、スプラッタ映画を見過ぎたとか)

愚痴りついでに慧海は自問自答を始める。

(最近のCGは高性能でリアルだからな。脳の寝ている部分を刺激して、睡眠に影響を与えるってこともあるよな？　きっとそうだろう。どこかにそういう研究論文があるに違いない)

適当な結論を導き出したとき、ちょうど小山内の住むマンションに着いた。ファミリータイプの中層マンションは適度に静かで、人が住む気配もそれなりに感じられる。前庭の生け垣がきちんと刈り込まれているのも心地が良かった。

管理人に丁寧な一礼をしてロビーを通り抜け、五階の小山内の部屋に向かう。

チャイムを鳴らすとすぐにドアが開き、小山内が待ちかねたように慧海を出迎えた。

「お忙しいところ申し訳ありません、慧海先生」

僧侶とはいえ、まだまだ若い慧海にも腰の低い態度は、小山内の人柄の良さと、息子への心配の表れだろうと慧海は察する。

(俺みたいな若造にでも縋《すが》りたい気分なんだろうな……気の毒に)

そう思えば、やはりやれることはやろうという気持ちになり、慧海は腹にため込んだ愚痴をひととき棚上げする。

日当たりのいいリビングに入ると、窓際に置かれたソファに背中を丸めた楓磨と小山内の妻の郁実《いくみ》が座っていた。

郁実のほうは立ち上がってすぐに「本当にすみません」と、慧海に挨拶をしたが、楓磨は憮然とした様子で動こうとしない。

「楓磨、松恩院の慧海先生がいらっしゃってくださったよ。ご挨拶しなさい」

「……どうも」

ほとんど聞き取れない声を出して視線も合わせず、頭を下げるというより顎を突き出すように挨拶をする。

僧侶などに会うのが面倒だという気持ちが全身から滲み出ていた。

中学生らしくまだ華奢な体つきで、細面の輪郭は母親の郁実に似ている。

無愛想な息子に申し訳なさそうにまた頭を下げる両親に、慧海は笑みを返しつつ楓磨の前に腰を下ろした。

「夢に幽霊が出てくるんだってね？」

いきなりそう切り出した慧海に、小山内夫妻だけではなく楓磨もぎょっとした顔をした。

「そう聞いたんだけど、違ったかな？」

ようやくこちらを見た楓磨に慧海はもう一度尋ねた。

「……別に……お坊さんには関係ない」

ぼそっと言って楓磨は下を向いた。

「楓磨、ちゃんとお話ししなさい」

隣の母親が手を伸ばして息子の手を握った。一瞬楓磨が拒絶したそうに手をぴくっと動かすのを慧海は見逃さなかった。

「楓磨くん、迷惑じゃなければ部屋を見せてくれるかな？」

「ああ、こちらです。どうぞ」

小山内が息子より先に反応して立ち上がるのを、慧海はやんわりと止める。

「楓磨くんに案内していただきたいんです」

「……あ……」

しぶしぶという様子で立ち上がった楓磨のあとについて慧海は短い廊下の突き当たりにある小さな部屋に入った。

「すみませんが、お父さんとお母さんはリビングで待っていていただけませんか？　楓磨くんと二人でお話ししたほうがいいと思いますので」

部屋の前まで心配そうについてきた小山内夫妻に、重大な理由がありそうな調子で告げた慧海はドアを閉めた。

中学生だったのはもう十年以上も前のことだけれど、その頃の気持ちはまだ覚えている。大人に対して警戒心が強く、ハリネズミみたいに棘《とげ》で自分を守ろうとしていた。親に対してさほどの理由もなく反発したり、かまわれたりするのが鬱陶しくなる年頃だ。おそらく楓磨が詳しいことを親に話したがらないのはそういう理由もあるのだろう。

そう考えて楓磨と二人になった慧海は、警戒されない程度に彼の部屋をざっと眺めた。

机とベッド、壁にはサッカーのスター選手のポスターと特別変わったところのない部屋だ。

「きれいにしてるね」

自分の中学生の頃と比べて乱雑さのない部屋に対して感想を述べると、楓磨が少しだけ表情を動かした。

「……別に……そうでもない……」

先ほどの「別に」とは少し違って照れたようなニュアンスだった。

「夢の話なんだけど、聞いてもいいかな？」

「……ん……」

「おかしな女の人が出てくるってお父さんに聞いたんだけど、そうなのかな？」

「……うん……」

俯《うつむ》いたものの、楓磨はぽつんと答えた。

「全然知らない人？　漫画とか映画とか、ゲームに出てきたキャラクターってこともない？」

下を向いたままぎゅっと眉根を寄せた楓磨は、少し経ってから首を横に振った。

「……知らない……全然……覚えがない」

「そうなんだ。お父さんの話だと幽霊だと君が思ってるって聞いたけど、夢なのに幽霊だってわかる理由は何かな？」

「……ん……」

下唇を噛み、話をまとめるようにしばらく考え込んでいた楓磨がゆっくりと口を開く。

「……毎晩毎晩、同じ感じだし、言うことも同じ……ぐちゃっとしてるし、あれって人じゃない……」

「ぐちゃっとしている」という言い回しに、さすがに慧海もぎょっとする。

（ぐちゃって……まさか顔面が？　だとしたら眠れないのも無理ない……）

内心の動揺を顔に出さないように注意しながら慧海は会話に戻る。

「女の人？　男の人？　それとも全然区別がつかないとかかな？」

「あ……女の人。でも、オバサン」

オバサンは女の人だから、「でも」は余計だ——という突っ込みを慧海は飲み込む。

「女性なんだね？」

「うん……グラビアアイドルって感じじゃないし、狐っぽいけどすごい美人……かも……たぶんだけど」

「狐っぽい美人？」

狐顔でも狸顔でもいいが、顔がわかるということは、「ぐちゃっと」しているのが顔でないことだけは確かだと、慧海は密かに胸を撫で下ろす。だが楓磨は少し馬鹿にしたように唇を尖らせた。

「全然今風じゃないよ。オバサンだし、僕は全然萌えない。それに時代劇みたいな格好して、頭がちょっとおかしいのかなって思うんだけど」

気持ちが解れたのか、両親がいないと話しやすいのか、楓磨の口が軽くなった。

たとえ「オバサン」だとしても、美人の幽霊が夜な夜な夢に出てくることを親には言いにくいのはなんとなくわかる。

(若いってそういうことだよな。俺も柴門《さいもん》にはいろいろ言えたけど、親には言えなかったことも多いもんな)

慧海は些細な悩みから、人生を左右する秘密まで真剣に聞いてくれた高校時代からの親友、柴門望《のぞみ》の顔を思い浮かべた。

当時の自分を振り返れば、楓磨のぶっきらぼうで少し生意気な口調に腹も立たない。むしろそのつっぱり振りがかわいいとさえ感じる。

（俺も年を取ったのか……）

微妙な感慨を抱きながら慧海は話を進める。

「時代劇……着物を着てるのかな？」

「うん。紫色の着物で花柄。種類はわからないけどでっかい花で、結構派手なやつ……髪の毛は、頭の後ろに輪がついたみたいなふうに結ってる」

「輪？　三つ編み？」

「三つ編みって言うのかな？　こんな感じ」

楓磨は自分の短い髪を摑み、首のあたりで無理矢理丸く作ったが、難解な髪型になりすぎて慧海には想像がつかない。

「……なんだか変わった髪型だね。それがぐちゃっとしてるって言う意味かな？」

「違う。ぐちゃっとしてるのは下半身。どうせ出てくるなら全部見せればいいのに、何がなんだかわからない。気持ち悪い上にケチ」

顔をしかめて楓磨は自分の膝から下を撫でて、半分強がりにも聞こえる文句を言う。

「……足が見えないっていうことかな？」

（下半身が消えてるってことは典型的な霊体って感じだよな）

「うん……もやっとしてるんだけど、それは……やっぱり幽霊ってことになる？」

松恩院で源治郎を日々見ている慧海も、それは霊体だろうという気持ちに傾いていくが、夢の中に源治郎が入ってきたことがないので、断言はできない。

（松田佐織里《まつださおり》さんのときと同じかな……？）

以前柴門の紹介で寺に来た、夢に幽霊が出てくるという松田佐織里の一件を慧海は思い返す。

（でも幽霊と言ってもあの一件は最初から正体がわかっていたからな。この場合とはちょっと違う気がする）

突然なんの理由もなく、霊体が夢に入り込んでくることができるのかどうか、慧海にはわからない。

（知らないことを知ってる振りはできないよな）

経験していれば霊体も魂も信じるが、体験していなければどんな心霊現象も安直には信じない。それが特殊能力を持ってしまった慧海の自戒だ。

「その女性は、ただ夢に出てくるだけなのかな？　楓磨くん」

「……ううん……しゃべる」

心底嫌そうな顔をして、楓磨はいったん口を閉じた。だが慧海が気長に待っていると、覚悟を決めたらしく顔を歪めて口を開く。

「苦しい、苦しい、出して――出して――って……すごく気持ち悪い感じで言うんだ」

おそらく夢の中に出てくる女性の声色なのだろうか。それまでの、いかにも今時の中学生といっただるそうな口調が一変して、真剣で切実な調子になる。何度も聞いて頭にこびりついているらしい。

「出してと言うってことは、どこかに閉じ込められているのかな？」

「わかんない……そのオバサンはちゃんと見えるけど、周りは暗くてどこにいるのか想像もつかないし。出たいんなら勝手に自分で出ればいいのに──僕に言われても困るだけなんだけど」

顔をしかめたまま、真剣な声色で楓磨は訴えた。

「そうだね。それはとても気持ちが悪い。眠れないのも無理はない」

「……ねえ、これって何かの霊だよね？　すごい怨霊に祟られちゃったとか……ある？」

（祟られちゃったって……。何もしてないのになんで祟られるって発想になる？　君は平家の落人か？）

さすがに慧海は一瞬返事に詰まる。

（テレビや雑誌でも興味本位の心霊特集なんかをやるからな。もちろん全部が嘘とは言わないけどさあ……ちょっとなぁ……ノリで言うことじゃないし、無駄に扇情的なのは困るんだよ）

中学生ぐらいの男子が聞きかじりに面白がることはあるだろうが、口に出すべきではないことは理解したほうがいい。

多少生意気なのは気にならないが、これればかりは僧侶として気になる。

宗派にかこつけて「この世には霊も魂もなければ、幽霊など絶対にいない」と説教のひとつもしたほうがいいのかもしれないと考えてしまうが、すんでのところで思いとどまる。

（だって俺、見えちゃってるし、やっぱり嘘は駄目だろう）

それになんと言っても、楓磨が怯えていることは間違いないのだから、空元気で茶化したその揚げ足を取るのは大人げない。

「霊とか怨霊とか、簡単に言うけれど本当のところはよくわかっていないんだよ。それにもし、その夢に出てくる女性が何かを酷く恨んで怨霊っていうものになっていたとしても、君には関係ないよね？　だから、それは違うと思う」

慧海は最初から最後まで真剣に、楓磨の目を見て言う。

笑うこともたしなめることもせず真剣に答える慧海に、楓磨が恥ずかしそうに瞬きを繰り返した。

「……でも、幽霊だよね……？」

強がっていた表情が消えて、少年らしい困惑と怯えが浮かぶ。

「……この間、友だちに誘われて心霊スポットに行ったんだ。そのとき、連れてきちゃったとかある？」

「わざわざ行ったの？」

「……うん……学校に詳しいやつがいるんだ。山の中の古い井戸に幽霊がいるって聞いて行ったんだ。でも誰も何も感じなかったんだけど……やばいかな」

（井戸から出てくる幽霊っていうと、皿を数える女性がいたな。でもあれはどっかのお屋敷で山の中じゃなかったよな）

「心霊スポットという噂のある場所は地理的に危険な場所が多いから、それだけでも行かないほうがいいと思うけどね」

上目遣いに打ち明ける楓磨に、思い出した幽霊の話は棚上げして常識的な注意をする。

(心霊スポットか。俺は松恩院から出ると何も見えないけど、いるところにはいるんだろうな。活発な源治郎さんみたいな霊がさ……だから、そういうところへ安易に行くのはやめたほうがいいってことだけど、今は済んだことをあれこれ言っても仕方がない)

そう思いながら慧海は楓磨の背後を窺う。

やはり松田佐織里のときと同じように、楓磨にも何かの霊が憑《つ》いているのかと思うが、その気配は感じられない。

(楓磨くんは松恩院の檀家の息子だから何か憑いていれば見えるかと思ったけど、やっぱり無理か。無駄な力って感じだよ)

突きつけられたシビアな現実に内心自嘲する慧海だが、楓磨には深刻な顔に見えたらしく、怯えた顔で囁《ささや》く。

「……やっぱり何か憑いてる？　お坊さんがちゃんと祓《はら》ってくれるんだよね？」

そう言われても、松恩院を出た慧海には霊の存在の有無はわからないし、仮にいたとしても霊を祓うのはごく普通の僧侶である慧海の仕事ではない。

(だいたい、源治郎さんさえ成仏させられないのに、俺に何をしろっていうんだか)

正直にそうぶちまけたい気分だが、困っている子どもを突き放すなど、僧侶としてできるわけもない。

「僕は山伏《やまぶし》でも、陰陽師《おんみょうじ》でもないんだよ。僧侶だけれど、特別な力なんてないただの人間。人様に憑いている霊を見たり、成仏させたりということはできない」

冷たく聞こえないように慧海はゆっくりと楓磨に語りかける。

「でもね、僧侶として人の助けにはなりたいと思っているし、なれたらすごく嬉しいと思う。だから、楓磨くんの言った夢のことを少し考えてみるよ。時間をもらっていいかな？」

「……何かわかる？」

「約束はできない。でも、松恩院に帰ったら、住職や、僧侶の仲間に聞いてみることはできる。経験豊富な人なら同じような話を聞いたことがあるかもしれないからね。それでいいかな？」

この場を逃げ出したいお座なりな方便には聞こえなかったのだろう。楓磨は少しだけ安堵した顔で頷いた。

「お願いします」

小声だったがきちんとそう言うとぴょこんと頭を下げた。

「できる限りやってみます」

慧海は丁寧な返事をして、合掌した。

3

着古したジャージで慧海は自室のベッドに腰を下ろす。

「余計なお世話かもしれないけど、そろそろそのジャージを買い換えたら？　膝のあたりが薄くなってるから冷えるよ。暖かい季節でも関節はできるだけ冷やさないほうがいいって、健康雑誌で読んだ」

相変わらず缶ビールとつまみを持参して家にやってきた柴門が、慧海に冷たいビールの缶を手渡しながら言った。高校で同じクラスになったのが縁で始まった彼との付き合いは今でも続いていて、仕事の帰りにふらりと飲み物とつまみを持ってやってくるのはいつものことだ。慧海は、父親以外、誰にも話したことがない自分の能力のことを、ひょうひょうとして物に動じない柴門にだけは、打ち明けていた。

「穴は空いてないし、これで充分。何度も洗って皮膚感覚になった頃が一番いいんだよ。着ていることを意識しない、この一体感が最高だ。ダサいというのはわかっている。でもいいんだ！　どうせおまえと家族しか見ないしな」

「いや、そうでもない。意外にいける。そういうくたくた感って清貧な僧侶っぽいかもね。白き衣、山吹などの萎えたるを着て……って、僕は光源氏《ひかるげんじ》の気分だな」

さらさらした髪を掻き上げた柴門は切れ長の目を見せつけるように、わざとらしく瞬きをする。

「何だそれ？」

「光源氏が紫《むらさき》の上《うえ》を見初めたときの話。よれよれの着物でもゾクゾクするほどかわいかったってね」

「何馬鹿なこと言ってんだよ。おまえに見初められても嬉しくもなんともない。だいたい俺は光源氏みたいな煩悩の塊にはまったく共感できない。己の煩悩でどれだけの人間を不幸にしてるんだよ。イケメン無罪にもほどがある」

「僧侶の意見というより、世紀の美男子への嫉妬に聞こえないでもないね」

「小説の人物を妬んでどうするんだよ。おまえ、数学教師になりたかったんじゃなかったか？　実は古典が好きだったのか？」

「古典教師っていうのも良かったねえ。雅だ」

結婚相談所リースグリーンの相談員を仕事とする柴門が、いつものようにとらえどころのない笑みを浮かべた。

「何が雅だよ。……そういえばさ、光源氏に弄ばれて、生き霊になって源氏の本妻に祟る女の人がいたよな？」

「弄ばれてというのはかなり語弊があるけど……六条御息所《ろくじょうのみやすんどころ》の話だね」

「もしかしたら平安時代には、煩悩が過ぎて霊体になったという実例でもあったのかな？　何か知らないか？」

小山内楓磨の幽霊案件を持ち帰って三日、あれこれ考えてみたものの解決策は浮かばない。

父にも一応報告したが「それはそれは……考えると言ったんだからちゃんと考えなさい。それも修行だ」といなされただけだった。

「どうなんだろう？　怪談はだいたい怨念話が多い感じがするけどね。何かあった？　生き霊でも出たのか？」

「生き霊じゃないとは思うんだけどな……」

察しのいい柴門に慧海は、檀家の息子の夢に登場する女性のことを打ち明ける。

「楓磨くんの説明だと下半身が見えないって言うし、霊体なのかなとは思うんだけどさ、俺は霊体が見えても、夢の中に出てきた経験がないんだ。夜だけ徘徊する霊なのかな？　吸血鬼系とかさ？」

「というか、普通幽霊は夜だけってイメージなんだけど、源治郎さんが変わってるんじゃないのかな。僕は君と違って昼も夜も霊体なんて見えないからね。これについてはなんとも言えない。でも、聞いたとおりに考えれば、夢の中だけに出てくるタイプの幽霊なんじゃないの？　ほら、以前に僕が連れてきた松田佐織里さんがそうだったろう？」

確かに松田佐織里が見た亡き曽祖父の霊は、彼女の夢の中に出てきていた。

「俺もそれはすぐに思った。でも俺は昼でも夜でも起きているときしか霊体は見たことがないんだよなあ……夢に出てくるほうがスタンダードなのか」

「君は熟睡するタイプだから、たとえ夢の中に出てきても気がつかないんじゃないかな。修学旅行中も周りが騒いでいても早寝早起きで、さすがお寺の息子だとみんなが言ってたよ」

「率先して言ったのはおまえだろう。俺は真剣に困ってるんだ。くだらない思い出話は要らん」

茶化す柴門に慧海は顔をしかめた。

「ごめん。でも、中学生っていうとまだ眠りが深い年頃だよ。夢も見ないで眠れるはずだし、見ても忘れてるよ。その夢に毎回出て来て寝不足にするぐらいなんだから、源治郎さんみたいな人のいい霊体っていうより、怨霊って感じがする」

「怨霊……？　まさか。まだ中学生だぞ。一見生意気でつっぱったところはあるけど、根は素直な感じのごく普通の子だ。霊に取り憑かれるほど、悪いことをしてるとは思えない」

「それは慧海の言うとおりだと思う。十年と少しの人生でそんなに恨まれたらつらい。でも僕のイメージだと、怨霊って見境なく手近な人を恨むっていう印象だけどね」

つまみの品川巻きの袋をがさがさと開けながら柴門は続ける。

「その楓磨くん？　だっけ、彼に恨みはなくてもたまたま側にいたから取り憑いたとか。または、彼のまったく知らない祖先に対して恨みがあるとかじゃないかな？　もしくはその家自体に取り憑いていて、家族の中でパワーバランス的に一番弱い楓磨くんの夢に出るってのはありそうじゃない？」

「ああ、そうか……」

勧められた品川巻きを囓《かじ》りながら慧海は頷く。

「俺のこのわけのわからないおかしな能力だって、見たことも聞いたこともない祖先から受け継いだものだからな。自分に関係ないのに、微かにでも血が繋がっているという、理由にもならない理由で理不尽な目に遭うことはあるかも……」

「そう考えるとすれば、その女性の怨霊というか幽霊は、楓磨くんの家に関係のある人なんじゃないの？」

「そうだよな……そういうことになるよな。でもさ、もしそうだとしても、結構時代がかってる感じの霊みたいだから、わかる人がいるかどうか」

奥歯で品川巻きを噛みしめて慧海は考え込む。

「着物を着ていて、髪を結ってるんだっけ？」

「頭の後ろに輪がついてるらしいけど、どんなのだろう？　ポニーテールみたいなのを輪型に結んでるのかな？」

「そんな髪型が流行ったのかどうか知らないけど、明治時代ぐらいかな？」

「そう思うか？」

「苦しい、苦しい、出してっていう口調を、その中学生の彼がまねできるってことはわりと現代に近いのかなって感じがする。源氏物語の頃だとたぶん言い方がもう少し違うよね」

「出してたもれ……とか？」

「それはわからないけどさ」

柴門が軽やかに笑う。

「楓磨くんに似顔絵でも描いてもらうかなあ……」

ビールを手に慧海が天井を見ながら呟《つぶや》くと、「あっ」と柴門が声を上げた。

「なんだ？」

「いいことを思いついた。源治郎さんに見てもらったらどうかな？」

「はぁ？」

突拍子もない提案に慧海はビールを喉に詰まらせそうになる。

「松田さんに憑いていた霊は、源治郎さんには見えただろう？」

「ああ……うん。そうだった」

「ってことは、源治郎さんには他の霊も見えるってことだろう？　いつもかどうかは知らないけど、楓磨くんか彼の家に霊が憑いていたら、何か見える可能性があるんじゃないか？」

「……確かに……」

柴門の言うことは当たっている確率がかなり高い気がするが、同時に難易度も高い。

「楓磨くんに松恩院に来てもらうことはできるけどな……家に取り憑いているとなると、

どうしようもない」

「だったら源治郎さんを連れて行けばいいじゃない」

あっさりと言う柴門に慧海は度肝を抜かれる。

「それは無茶だ。危険すぎる」

慧海はぶるぶると首を横に振る。

「なんで？　源治郎さんが今さら風邪を引くとか、怪我をするとかないんだろう？　僕たちが出歩くより全然危険じゃないと思うけど」

「そっちじゃない。俺が危険なんだよ。背後にふわんふわんと漂う霊体を連れて歩いているのを見られたら困る。霊の憑いた僧侶なんて修行が足りないってバレバレだろう」

「いや、霊を従えた僧侶って箔がつきそうだけどね……っていうのは冗談。ごめんね」

慧海が怒り出す前に柴門がさらっと詫びる。

「でも実際のところ、慧海みたいに霊が見える人なんてあまりいないと思うよ。少なくとも僕は君しか知らない。それに、万が一見えたって、気がつかない振りをするんじゃないかな。君だって見えたところで、人に言ったりはしないだろう？」

「そう、だな……見間違いだと信じて、関わりたくない」

僧侶という職業を棚上げして慧海は正直に答えた。

「だから源治郎さんを連れて行っても大丈夫だよ。堂々としていれば誰も気がつかないはず。源治郎さんがそのままどこかへ行って寺に戻ってこないってことはないよね？」

「それはないな。肉体がない今、源治郎さんの霊体の住み家は松恩院しかない。ここに戻ってくるしかないんだ」

「じゃあ、大丈夫。楓磨くんの家に一緒に行っておいでよ。解決の方法が見つかるかもしれない」

「う……ん……そうかなぁ……」

煮え切らない返事をした慧海はこの作戦の重大な欠陥に気がつく。

「やっぱり無理だ。俺は松恩院を離れると霊体が見えない。源治郎さんがどこにいるか、たぶんわからない」

「そうなんだっけ？」

「そうなんだよ。俺の能力はかぎりなくチープなんだ……」

「でもさ。源治郎さんなら大丈夫かも」

役立たずな己の能力に慧海は改めて落ちこむが、柴門は明るい声で前向きなことを言う。

「ほら、君のもうひとつの能力があるだろう……身近な人に災難が降りかかってくるのが見えるっていう力」

「力ってほどいいもんじゃないぞ。単にごく身近な人に、何か危険なことが起きるっていう予兆が見えるだけで、いつ、どんな危険なのかもわからない。つまりただ俺がつらいだけの予知能力だ」

慧海はため息交じりに言う。

身近な人間の災厄が見えるのがつらい慧海は、これ以上身近な人間を増やさないために結婚はしないと決めているぐらいだ。

「でも、その能力は少しずつ幅が広がってるだろう？　君が大切に思う人は、他人でもその危険が見えてしまうじゃないか」

柴門が目を細めて少し笑った。

「あ……」

確かに、高校時代大好きだった彼女や柴門に関係する場合は、その災難が見えた。

「だからさ、もうひとつの霊体が見える能力も同じじゃないかと思うんだ。君との関係性が強い霊体に関しては、見える範囲が広がるってこともあるんじゃないかな？　だから、源治郎さんに関しては松恩院を出ても見えるかもしれないって、僕は思うんだよね。能力っていうのは、その人の状態と環境に合わせて日々進化するものだろう？」

柴門が考えながらゆっくりと言う。

「君はいつも源治郎さんを気にかけているし、源治郎さんも君を息子のようにかわいがっているように思う。その場合、松恩院を出ても、源治郎さんと君の強い絆《きずな》は切れずに、見える気がするんだよ」

「……俺と源治郎さんの絆って……」

霊体に息子のようにかわいがられているのも、霊体と切っても切れないほどの絆があるというのも素直に喜んでいいのかはわからないが、自信ありげな柴門の言葉には妙な説得力があった。

「それにさ、たとえその場では見えなくたって、松恩院に戻ってきてから話を聞けばいいと思うよ。源治郎さんが適当なことを言うとは思えないからね」

これで決まりというように柴門は満足そうにビールを飲み干す。

「……おまえの言うとおり、たとえば源治郎さんが外でも見えたとしてもさ……源治郎さんに相談事を持ちかけるのはトラブルの元って気がするんだよな。なんせ、好奇心が旺盛すぎて余計なことまでしそうだ。見えないとなると、どうやって止めたらいいんだか見当もつかないよなあ……」

空のビール缶をくるくると手の中で回しながら慧海は迷う。

「そんなの、君だけじゃなく、誰にも見えないんだから、大丈夫だよ」

大胆かつ適当なことを柴門は言い放つ。

「おまえって……無責任なのか、肝が据わっているのかわからないな」

「そう？　最善の策だと思うけどな。だって幽霊には幽霊で対抗するのが一番いいだろう」

呆れる慧海に、柴門はけろっとした顔で言った。

「……やっぱり、よくわからないって言うしかないかなあ……もともとうちの教えでは、幽霊なんて存在しないし、当然厄払いなんてしない。高野山《こうやさん》にでもお願いしてくれって言ったほうがいい気がするんだよなあ……あそこなら本家本元って感じだしさ。霊力強いだろう」

「そんなこと言えないくせに」

「なんでそう思うんだ？ 俺だって言うときはちゃんと言うけど」

面白そうな顔をする柴門に慧海はムッとして言い返す。

「君は、一度頼まれたことは、きちんとやらなくっちゃって考えるタイプだよ。手を尽くさないで他に丸投げしたら寝覚めが悪くなるよ。だからできることは全部やってみたほうがいい。今だって、その小生意気な楓磨くんのことが気になって眠れないって顔に書いてあるよ」

柴門の言葉に心当たりのある慧海は思わず頬を撫でた。

「当たりだろう？」

「……貧乏クジじゃないか」

図星を突かれてぼやく慧海に、柴門が新しい缶ビールを手渡してくる。

「なんだかんだ言っても、そういう苦労を厭わないから君は僧侶になれたんだよ。頑張るしかないね」

「まったく、親父も、おまえも、人のことだと思って適当なことを言うよな」

「君ならできると思っているからだよ」

どこまで本気かわからない口調でかわした柴門は、慧海の困惑を楽しむような顔で新しく開けた缶ビールを飲んだ。

4

またやってきた日曜日、慧海はまっすぐ前を向いて、小山内家のマンションへ向かう。初夏を予感させる青空と濃くなっていく緑のコントラストに生命力が漲《みなぎ》り、呼吸をすると身体の中に力が湧いてくる気がする。

出がけに父が「こんな晴れた日は、きっと御仏が見守っていてくださる」と言っていた。

(晴れてないと仏には俺が見えないのか？　だったら曇りや雨の日に修行しても意味ないってことだよな。夜とか停電中だと悲しいほど無駄骨だぞ)

口には出さなかったことを慧海は腹の中で呟く。

言い返しても良かったのだが、内緒で源治郎を連れてきたので、父との会話は最小限に抑えたかった。

「……ちゃんとついてきてくださいよ、源治郎さん」

前を向いたまま胸の前に軽く手をあてて、経でも唱えているような振りで、慧海は小声で言う。

肩のあたりで浮いていた大島《おおしま》の着物を着た源治郎の手がふわんと目の前に差し出された。

斜め上に視線を向けると、源治郎が右手の親指と人差し指で「ＯＫ」マークを作り、大黒天に似た丸顔でにこっと笑った。

「わかっていただけて、何よりです」

視線を前に戻して慧海は呟き、動悸を打つ胸のあたりを撫でた。

(柴門の話に乗ったはいいけど、心臓が縮む)

あれから一晩考えたけれど、やはりそれしか方法がないと慧海は思い切った。その決断が鈍らないよう翌朝すぐに源治郎を呼び出し、幽霊診断の話を持ちかけた。

説明を聞いた源治郎は霊体とは思えないほどどきらっきらに目を輝かせ、「任せろ」というように右拳で胸を叩く仕草をした。

溢れんばかりのやる気に慧海は逆に不安を覚えた。

『ただ、霊体がいるのかどうか見てほしいだけなんです。それだけなんです。他のことはしなくていいですからね！　わかりましたか？』

わかったというように首がもげそうなほど源治郎は頷く。

『源治郎さんが松恩院から出てしまうと、僕には源治郎さんが見えなくなると思うんです。ですからくれぐれも、自覚を持って行動してくださいね』

小学生を相手にするように丁寧に言うと、源治郎が「まさか！」というように肩をすくめて首を横に振った。

(え？　勝手に行動されても超困る……)

源治郎は右手の人差し指を焦る慧海の鼻先に向け、次に自分を指さす。それから両手の小指を搦めて、「約束」とでもいうように強く振った。

「ええっと……つまりちゃんと約束を守ってくれるということですね？」

言葉で確認すると源治郎はうっすらと頷き、それだけじゃないというように、もう一度慧海と自分を指さす。それから少し考えて、両手の親指と人差し指で円をつくると眼鏡のように両目にあてた。そして得意そうな顔で、あたりを見回した。

（……ん？　見える……ってことか？）

――その場合、松恩院を出ても、源治郎さんと君の強い絆は切れずに、見える気がするんだよ。

源治郎のジェスチャーを解明しようとする慧海の頭に不意に柴門から言われたその言葉が浮かぶ。

『……もしかして、ここを出ても見えるって思ってます？』

おそるおそる尋ねると源治郎は我が意を得たりという顔で何度も頷く。

『どこに根拠があるんですか……それ？』

疑いを込めて呟いた慧海に、源治郎はまた慧海と自分を指さして、小指を絡めて胸を張った。

『僕と源治郎さんの絆の賜《たまもの》ってことでしょうか？』

霊体とそんなに強い絆があることの是非を考えながら尋ねる慧海に、源治郎が「そうだ」というように深く頷き、ついでに「任せなさい」とでも言うようにぽんぽんと自分の胸を叩いた。

そしてその源治郎の自信どおり、松恩院を出た今も源治郎は慧海の目に間違いなく映っていた。

つやつやした大島の紬も、福々しい顔つきも、初めて寺の外に出たことで高揚するようにいつもより動きが軽やかなのも慧海の目にちゃんと見える。

寺の中にいるときよりは、少し薄い感じがするが、それでも源治郎の目の輝きや、つやつやした頬の笑みは鮮やかだ。

(色艶のいい霊体ってすごいよな。源治郎さんに精気を吸われて、俺のほうが霊体になりそう……)

何事もないように祈り続け、小山内家に到着したとき、慧海の全身には緊張からくる汗が滲んでいた。

待ちかねた顔で通されたリビングには、小山内夫妻と楓磨、そしてこの間は不在だった姉の萌花《もえか》も同席していた。

檀家の家族構成をほぼ完璧に記憶している父から、小山内家の娘は美術大学の学生だと聞いてきた慧海は、彼女のこともよく知っている顔で一礼をする。

若い女性らしく少し照れたように礼を返してくる萌花は、父に似た健康的な雰囲気だった。

「何度も本当にすみません。慧海先生」

大きな身体を小さくして小山内が頭を下げる。楓磨も今回は神妙な顔つきでそれに倣った。

「何かわかりましたか？」

挨拶もそこそこに小山内が身を乗り出すと、慧海の肩のあたりを漂う源治郎もわくわくした顔で小山内のほうへ顔を寄せる。

「その件ですが――」

霊体が見える人は小山内家にはいなさそうだが、それでも慧海は少し身を引く。

（あまり近寄らないでくださいよ、源治郎さん）

内心で念を送りながらも気を逸らさないように努力しつつ、慧海は先を続ける。

「楓磨くんの話を持ち帰って考えてみたのですが……実のところ霊のようなものというのは、松恩院の教義とは違うところがありまして、寺の関係者にはこういうことに詳しい者はおりません」

「はぁ……そういうものですか」

少し気落ちしたように、小山内が空気の抜けた声を出す。楓磨のほうは無表情で瞬きを繰り返した。

「ご期待に沿えなくて申し訳ありません」

頭を下げる慧海の肩で源治郎が「そんなことはない」とでも言うように、両腕を組んで首を左右に振るのが横目で見えた。

「ですがひとつだけ確かめたいことがあります」

「なんでしょうか？」

源治郎がふわりと慧海の肩を離れて天井のあたりを漂い始める。

(おいおい、大丈夫か?)

慧海からの依頼を果たそうとしているのか、あちこちと確かめるように眺めている。

(どこかにお仲間がいるのかな……?)

源治郎の視線の先が気になる慧海を見下ろした源治郎が「いないな」というように首を横に振る。

(なるほど……源治郎さんでも感じないってことはここにはいないのか)

とりあえず了解した慧海は、気合いを入れ直して小山内に向き合う。

「楓磨くんの夢に出てくる女性というのは、小山内家に縁のある方ではないかと考えたのです」

「家に?」

「はい。楓磨くんがどこか小山内家に関わりのある場所で、写真か古い肖像画などで見た女性ではないかと思うのです。幼い頃に目に触れ、見たことは忘れていても、心の中に残っていて何かの拍子に思い出すというのはないことではありません。着物姿の上にどうやら少し変わった髪型なので、深く印象に残っているのではないかと思ったのですが……もう一度聞くけど、楓磨くん自身は何も記憶にないよね?」

「ないです……」

曖昧な顔で首を傾げた楓磨が、父親を見た。

「……写真……ですか……着物……」

考え込んだ小山内に、ソファから離れたリビングテーブルに座って話を聞いていた萌花が立ち上がって近づいてきた。

「あの、すみません……もう少し詳しく教えてください」

楓磨が見ているなら姉の萌花も見ている可能性がある。慧海は彼女に向き直って、説明をする。

「楓磨くんの話によると、紫地に華やかな花柄の着物を着た女性で、髪型は後頭部で輪になっているようなスタイルらしいです」

「……紫……」

頬に手をあてて萌花は何かを思い出そうとするように呟く。

「顔立ちは、狸顔と狐顔に分類すると狐顔で、特に若い女性ではないようですが、とてもきれいな人だそうです」

楓磨の言ったことをまとめてさらさらと話すと、楓磨が「へぇ」と感心するように唇を尖らせた。

ふわふわと天井あたりで漂っている源治郎も興味を惹かれたらしく、慧海の側に下りてきた。

「……狐顔の女性……？」

小山内と妻の郁実は皆目見当がつかないといったように顔を見合わせるが、萌花が

「あっ……」と小さな声を出す。

「心当たりがあるのですか？」

慧海と一緒に小山内夫妻も、そして楓磨もそれぞれに萌花を見返した。

「写真じゃなくて、絵なら……」

「絵ですか？　肖像画ですか？」

「肖像画っていうか、美人画です。ただうろ覚えなので……はっきりそうだとは言えませんが……」

「それで結構です。どこでご覧になった絵画ですか？　それは覚えていらっしゃいますか？」

励ますように尋ねると、萌花が頷く。

「金沢《かなざわ》の祖父の蔵です」

「あの蔵か？」

「え？　あそこ？」

小山内夫妻が同時に声を上げて顔を見合わせ、それから言い訳するように郁実が慧海に説明をする。

「私の実家が金沢なんですが、古い家でやたらと大きな蔵があるんです。ずっと昔から近所の人たちが、ちょっと入れさせてほしいと言ってなんでも持ち込んでいたらしくて、私の父も何が入っているのかよくはわからないとは言っていました。まして離れてしまった私には、全然わからないんですよねぇ……」

「本当に大きな蔵なんですよ」

妻の言葉を裏書きした小山内が娘に尋ねる。

「いつ頃そんな絵を見たんだ？　萌花。子どもの頃に一緒に蔵に入ったことは何度かあったけれど、お父さんは見た覚えがないな」

「うん……大学に入学した報告にお祖父ちゃんのところへ行ったときだから二年前かな」

萌花が記憶を辿るように宙を見た。

「お祖父ちゃんが『蔵に昔の絵があると思うから、好きに見てもいいぞ』って言ってくれたんだ。そのときだよ」

萌花は確認するように自分で頷く。

「当たりをつけて探しているときに出て来た掛け軸の画が、慧海さんが言った女の人に似てたと思うの。歌川豊国《うたがわとよくに》の美人画みたいな、少し浮世絵っぽい感じ。目じりがちょっと吊り上がった感じのすごくきれいな女の人が描かれていたんだけど、半分傷んでいてなんだか怖い感じがしたのを覚えてる」

「半分というのは、下半身ですか？」

「ぐちゃっと」しているという楓磨の言葉を思い出して慧海は確かめる。

「そうです。膝から下半分が濡れたのか絵の具が溶けて、紙も粗雑に扱ったみたいに皺《しわ》だらけになっていました。きれいな人の画だけにそのギャップが怖かったです」

萌花が口調に微かな嫌悪を滲ませると、真剣に話を聞いていた源治郎がぶるっと身体を震わせて、「怖い」というように慧海を見た。

(霊体なのに今さら何が怖いんだ)

無視を決め込んだ慧海に文句があるように源治郎が目の前で左右に揺れた。

「いったい、誰がそんな掛け軸を持ち込んだのかしらね。なんでもかんでも引き受けるからこういうことになるのよ。本当にお父さんも無責任だわ」

「お義父さんのせいだけじゃないだろう。昔からそうやって近所の人と付き合ってきたはずだから、お義父さんの一存でそうそう簡単には変えられないんじゃないかな。それに掛け軸だと場所も取らないから、無下に断るようなことはできなかったんだろう」

郁実の怒りと愚痴を小山内が宥める。

「……あのさ、掛け軸って……丸いやつだよね？」

それまでじっと話を聞いていた楓磨がおずおずとした様子で口を挟んだ。

「楓磨？　見たことがあるのか？」

「楓磨くん？」

源治郎も慧海と一緒に身を乗り出して楓磨を見つめた。

「……たぶん……部屋にあるやつ……」

一斉にみんなに注視された楓磨は少し身を引きながらも、そう答える。

「楓磨の部屋って、サッカー選手のポスターしかないじゃない」

萌花が首を傾げる。

「……飾ってるわけじゃなくて……持ってるだけ……」

「意味がよくわからないけど。とにかく、その掛け軸を持ってるならさっさと出しなさいよ、楓磨。楓磨のために、慧海さんにまで来てもらって、みんなでこんなに考えているんだから、ひとりだけぼけっとしてるんじゃないわよ！」

姉の叱責が親の小言より怖いらしい楓磨が、慌ててリビングを飛び出し、廊下に足音を響かせた。

「これ――」

ほとんど瞬間移動のような素早さで戻ってきた楓磨の手には細長い桐箱があった。

源治郎が「ほう」と感心するように口を動かして、年季の入った箱に視線を注ぐ。

「勝手に持ち出したのか？」

箱を受け取りながら小山内が厳しい顔をするが、楓磨は思い切り首を横に振った。

「違うよ。蔵にあった格好いい小刀を、お父さんに内緒だぞって言ってお祖父ちゃんがくれたんだ。それを入れるのにちょうどいい箱だなって思って……」

「勝手に持ってきたの？」

今度は母親が眦《まなじり》を吊り上げた。

「だから違うってば！　お祖父ちゃんに一応確認したよ。そうしたら、誰かが適当に置いていった箱だからいいぞって言ってくれたんだ。中に入っていた巻物は緩衝材になるかと思ってそのまま持ってきただけだから、開けてはいないよ」

「……まったく……」

ため息をつきながらも息子の言い分を受け容れた小山内が箱の蓋を開ける。

おお――と言いたげに源治郎が目を輝かせ、慧海も現れた小刀に目を見張る。

黒地の螺鈿《らでん》細工の鞘が窓から入る日差しを受けて、風情のある輝きを放ち由緒があるように見えた。

「これは随分いいものではないのですか？」

「そんなことはないと思いますよ、孫にあっさりくれるようなものですから、たいしたものではないでしょう。それにしても子どもに刃物を寄越すなんて、お父さんったら何を考えているのかしら」

郁実の声に本気の怒りが混じった。

「まあ、そう言うんじゃないよ。私にも記憶があるけれど、男の子はこういうものに興味を持つものなんだ」

「お父さまにすれば、刀剣は美術品という感覚ではないでしょうか？　実際とてもきれいなものだと思います」

小山内と慧海の取りなしに、源治郎も大きく頷く。

「それより掛け軸を見せてください」

「あ……そうですね」

本題を思い出したように小山内は小刀の下から丸められた掛け軸を取り出した。

肩のあたりにいた源治郎が一瞬はっと目を見開き、ちらっと慧海のほうへ意味ありげな視線を流す。

（いる？）

瞬きで聞くと、源治郎が胸のあたりに手をあてて首を傾げた。

（なんとなく感じるってことか……当たりかな？）

身構えつつ慧海は小山内が掛け軸の巻き紐を解くのを見つめた。

「これは……」

掛け軸を開いた小山内が声を漏らす。

「あ、これだ！　このオバサンだよ」

「ああ、これ。私が蔵で見たのはこれだよ。この女の人」

現れた女性の絵姿に楓磨が叫んだのに続いて、萌花も声を上げた。

「……確かに楓磨の言ったとおりね」

子ども二人の勢いに気圧されながら、郁実が呟く。

（なるほど……ね）

慧海も掛け軸に描かれた女性の姿絵に納得する。源治郎は気配を消したように動かない。

（源治郎さん……どうしたんだ？　見とれてるのか？）

慧海がそう感じるほど、掛け軸に描かれた女性の姿は美しい。すらりと立つしなやかな姿は、萌花が言っていたように浮世絵の美人画を思わせる。

細い喉のあたりには染みがついて汚れているが、白い瓜実顔《うりざねがお》に、眦の上がった凜とした目、美人の代名詞の蛾眉《がび》に富士額。古典的ではあるが、どこをとってもほぼ完璧な美人だ。大振りの牡丹を散らした紫の着物がよく映える。髪型は当時の流行りなのか、編み込んだ髪が輪のように見える。

(狐には似てるけど、間違いなく美人だよ……でもさ……何これ?)

顔だけ見ればよくできた美人画だが、傷み方が異様な感じだ。掛け軸の下半分は水でもぶちまけたように溶けて崩れ、楓磨の言い振りを借りると「ぐちゃぐちゃ」だった。

(しかもちゃんと乾かさないうちに誰かが握ったみたいに、くしゃくしゃだよ……酷い扱いだな)

平静を装って掛け軸を眺める振りをしながら慧海はちらりと源治郎に視線を送った。

(源治郎さん?　どうしたんだ?)

掛け軸に見とれていたはずの源治郎が、両手で耳を塞いでいる。まるで聞くことを拒んでいるような仕草だった。

(何か聞こえるんですか?　源治郎さん。大丈夫ですか)

心の中で呼びかけて視線に力を込めると、源治郎が慧海のほうに顔を向けた。その顔は出がけと違って、なんとはなしに青白く見えた。

(顔色が悪いけど、大丈夫かな?　松恩院を離れると具合が悪くなるのか?)

血色のいい霊体のほうがどうかと思うけれど、福々しく顔色もいい源治郎を見慣れている慧海は気遣う。

視線だけで「大丈夫ですか」と精一杯の思いを込めると、源治郎が胸に手をあてて頷く。

(大丈夫そう……)

ほっとする慧海に、源治郎が掛け軸を指さし、そのあと両手をだらりと胸の前に垂らす。

(あ……やっぱり。これにいるんですか？)

眉を少し上げることで疑問を示すと、源治郎が「ビンゴ！」というように右手の親指を突き出した。

(どこで覚えたんだよ？　その合図)

虚脱しながらも慧海は、楓磨に顔を向けた。

「この掛け軸の箱は部屋のどこに保管していたのかな？」

「……ベッドの下……」

気まずそうに答えた楓磨に、全員が息を呑んだ。

「慧海先生……やっぱり……これは……」

小山内の声が震えて、郁実は庇うように楓磨の肩を抱く。

「……そうですね……たぶんですが……」

見えました——などと堂々と言えるわけもなく、曖昧に答えた。

「慧海先生——お願いします！　なんとかしてください。大丈夫ですよね？」

息子の手をしっかりと握って郁実が声を上げ、小山内も「お願いします」と深々と頭を下げた。

「……古いものを内緒で持ってくるからだよ……ほんとに、迷惑なんだから」

そう言った萌花もさすがに弟が気になるのか、慧海に向かって「お願いします」と言った。

「はあ……」

お任せくださいと言えないのは残念だが、慧海にはなんの力もない。

(俺は、普通の僧侶だぞ……山伏でも陰陽師でもないし、除霊なんてできないんだってば！)

今にも叫びたい気持ちを胸の中に留めおく。

こんなことなら最初から密教を極め、怨霊と戦う術を身につけるべきだった。

(霊が見えるんだから、そっちのほうが良かったんだよな。厄払いも除霊も全然関係ない宗派の僧侶になったのが間違いの始まりだ)

人生の選択のミスを悲しく反芻する慧海を励ますように、源治郎がぽんぽんと慧海の肩のあたりを叩く仕草をした。

(俺の気持ちをわかってくれるのは結局霊体だけなのか……ありがたいのか悲しいのか)

福々しい顔に同情を浮かべる源治郎に、慧海は複雑な気持ちになるのを抑えきれない。

(たまたま霊が見えるからって俺になんでも押しつけて。元はと言えば親父のせいだぞ。

こんなに大変なんだからもう少し給料を上げてくれてもいいよな。柴門の会社はクライアントが成婚した時には特別手当が出るらしいから、俺にだって霊体診断特別手当みたいなのが必要だよな……ちくしょう、松恩院にも労働組合がほしい）

千々に乱れる心を抱えつつ慧海は、小山内家の面々に向き合う。

「たぶんこの掛け軸に……何か……が……。もちろん怨霊などと言うつもりはありません、そのようなことは信じておりません。ただ……これは私個人の考えなのですが……、安寧を求めて彷徨《さまよ》っている思いというのは、あるのではないかと常々思っております」

訥々《とつとつ》と語る慧海の言葉を居並ぶ一同は神妙な顔で聞く。

「もちろんこれは私だけの気持ちですが、住職も一概に否定しないと感じております」

「そうですね。ご住職は懐の深い方ですから」

「ありがとうございます」

懐が深すぎて溺れそうだと思いながらも慧海は頷き、源治郎もそれについて異論はないらしく「うんうん」と首肯した。

「掛け軸はお預かりして、本山に納めさせていただきます。追善法要《ついぜんほうよう》という形は取れませんが、しかるべきことをしていただけると思いますので、それでよろしいでしょうか？」

松恩院の宗派では祟りもなければ厄もないので、掛け軸の霊を供養するなどとは言えないのだ。

（本音と建前ってこういうことだよな……嘘をついてすみません。嘘をつくのは貴方の教

えのためなのですよ。開祖さま)

心の中で詫びと責任転嫁をする慧海に、小山内が心からほっとした顔になる。

「もちろんです——本当にありがたい」

懸念がすべて晴れた顔で小山内がそう言い、郁実も深く息を吐いた。

「もう、本当に、ちゃんと御礼を言いなさいよ。楓磨」

萌花にこづかれた楓磨が、ぺこりと頭を下げた。

「ありがとうございました。慧海先生」

文字通り憑きものが落ちたように素直になった楓磨の様子に、彼が夢に出てくる幽霊を本心から怖がっていたのがわかる。

(こんなやっかい事を任されて、先生呼ばわりされても嬉しくもなんともないけどな)

小山内家からの盛大な感謝を浴びる慧海は、うんざりした気持ちを押し隠した。

5

小山内家から持ち帰ってきた掛け軸を慧海がするすると開くと、父が「ほう」と感嘆の息を漏らした。

「これはまあ、きれいな人だな」

「そっちですか？　それよりこれを本山に引き取ってもらってくださいよ」

「この女性が例の幽霊なのか？」

直截に尋ねる父に、源治郎を連れて行き確認してもらったとは言えない慧海は一瞬迷う。

「……ちょっとだけ源治郎さんに見てもらいましたが、そのようです」

面倒を丸投げしてきた父に全部を教える必要もないと判断し、そこはさらりと言い切る。

「なるほど。源治郎さんが言うならそうなんだろうな」

父も源治郎のことは信用しているらしくあっさりと頷く。

「いつ頃の時代のものだろうか？　江戸……とかか？　髪型がわりとハイカラな感じがするから明治かな……？　でも半分見えなくなっているし、かなり古いんだろうかね？」

「それはわかりません。金沢にある奥さんのご実家の蔵で保管していたものらしいですが、所有者が誰なのかもわからないようです」

慧海は掛け軸が楓磨の手元に来た経緯を簡単に説明した。

「楓磨くんはこの掛け軸が入った箱だけが必要だったので、中は確認していなかったんですね。それで気がつかなかったようです。初めて絵を見た楓磨くんが、『このオバサン』と断言していましたから、間違いないでしょう」

「オバサン……三十路に入ったか入らないかぐらいじゃないのか？　オバサンでは気の毒だぞ」

「楓磨くんは中学生ですよ。僕だってその頃はある程度の年齢の女性は全部同じに見えました。若いときはそんなものです。自分が年を取ってオジサンと呼ばれるようになるとは考えてもいないんですよ」

「私も若い子は同じように見えて区別がつかないがな」

「それは大変ですね……で、いつ本山に持っていってもらえますか？」

いつものように微妙に話の筋をずらしてくる父に慧海はたたみかける。

「この件は、住職にお願いします。僕のような修行中の身で本山に出向き、幽霊つきの掛け軸をなんとかしてくれなどと、お願いできません。幽霊などと言ったら本山からお叱りを受けるでしょうし」

「そこをなんとか伝えるのが修行というものだ」

「わかっています。ですが僕はまだまだ未熟です。この間住職も小山内さんにそうおっしゃったじゃないですか」

ここで負けたら幽霊を連れて本山に行かなければならない慧海は絶対阻止の気迫で言い返す。

「本山ですよ。本山。最初から僕たちを僧侶として温かい目で見てくれる檀家さんとは違って、本山はこちらに落ち度がないか厳しくチェックするはずです。御仏の慈愛は本山にはありません」

「なんと罰当たりなことを」

「でも、そうですよ。信者には心が広いでしょうが、組織として何かあったら連帯責任になりますからね、末端の寺には厳しいですよ。そこへ、僕のような若造がのこのこ出向いて不始末などやらかしたら松恩院の存続に関わります。ここはやはり住職に出向いていただかないと、埒《らち》が明きません」

顔をしかめて慧海の話を聞いていた父は、目を閉じて「うーん」と唸《うな》る。

「……行きたくないな……」

ぽろりと本音が漏れるが慧海はそれには反応せずに、持久戦に出る。こういうときは沈黙が最大の防御だ。

「……わかった。私が行こう」

どんどん重たくなってくる空気にとうとう父が音を上げた。

「ありがとうございます！　住職」

最初に引き受けたのはそっちだろうという言葉は飲み込み、慧海は満面の笑みで感謝を表した。

「ああ、腰が痛いのに。またぎっくり腰になったらどうしよう」

わざとらしく父は腰をさする。

「コルセットを最初から着けて行くといいですよ」

「あれはかぶれるんだよ」

「まだそこそこ涼しいから大丈夫です。むしろ温かくていいじゃないですか。関節を冷やすのは良くないと、柴門がこの間教えてくれました」

にこやかに答えた慧海は、掛け軸を巻いて箱にしまった。

「とりあえず、僕の部屋に置いておきますね」

その言葉どおり慧海はその夜、机の上に掛け軸の箱を置いて和室には不釣り合いなベッドに入った。

「……苦しい、苦しい、出して……出して……」

慧海の耳の奥で声が聞こえる。

（ん……？）

目は覚めていないのに、神経が半分起きたような奇妙な感覚を味わいながら、慧海は声の出所を探す。

「苦しい……苦しい……ここから早く出して……」

（……夢だな……これは。夢だってわかるのに……はっきり聞こえる）

心の中でその不思議に戸惑いながらも、覚めてもいない目を凝らすと、ふわりと姿が現れた。

（あ……掛け軸の……）

寝る前に父と見た掛け軸の女性がそこにいる。

紫地に大きな牡丹を描いた着物と少し緩めに結った黒髪が色白の肌に映えて美しい。撫で肩柳腰の着物がぴたりとはまる姿だが、膝から下は見えない。源治郎のようにぼやけているというより、握り潰されたようにぐしゃりとした黒い靄《もや》になっていた。

（これはちょっとエグイ……）

正直な感想を抱く慧海に向かって、細い喉に手をあてて苦しげに顔を歪めた女は必死に訴える。

「苦しい……出して……出して……」

（なるほど……楓磨くんの言ってたのはこれだったのか……すごいな）

呼吸さえ確かめられそうなほどの生々しさだ。

（これはリアルだな……ほんとに霊体というより幽霊って感じだよ）

源治郎とは違う、何か恨みや苦しみがありそうな霊体に慧海はいろいろな意味で感動する。

「苦しい……出して……」

（すみませんが、今のところ何もできません。本山にお持ちするまでお待ちください。そういうわけですので、しばらくの間は掛け軸の中にいてください）

心を動かされても何をしてやれるわけでもない。とりあえず詫びとこの先の段取りを夢の中で告げた慧海は、心の中で深く合掌し朝まで眠った。

だが翌朝、目覚めてみればやはりこのままでは済まないという気持ちになる。

昨夜はあれで終わったが、楓磨の話では毎晩夢の中に出て来ていたらしい。松恩院に来たからといって、遠慮はしないだろう。むしろ僧侶ならなんとかしろと、言われそうだ。

（毎晩ではさすがに寝不足になる）

松恩院では何度も霊体を見ているし、さほど霊体を怖いと思うことはないが面倒なことは確かだ。

(霊も魂もないなんて、ほんとに松恩院の宗派っていい加減だよな)

慧海は八つ当たり気味にそう思う。

もしかしたら他宗派との差別化を図ったのかもしれないが、もう少し幅を持たせておくべきだったのではないかという気持ちに傾いてくる。

(こんな……あやふやな若造ですみません。お許しください)

邪念を必死に振り払いつつ、朝の読経を終えた慧海は、後ろめたい気持ちで御仏に手を合わせる。

こんなふうに心が揺れるのも掛け軸が手元にあるせいだ。

台所にいる母の古都子《ことこ》に声が聞こえないのを確認した慧海は、朝食のテーブルについている父に早々と窮状を訴える。

「毎晩出てくると困るので、一日でも早くあの掛け軸を本山に持っていってください」

夢の中に幽霊が出て来た話をして、慧海は声を低めながらも詰め寄る。

「ほう、出たのか？」

慧海の哀訴などどこ吹く風で父が興味深そうな顔をする。

「出ましたよ。きれいで苦しそうな女性の幽霊が」

「……番町皿屋敷とか牡丹燈籠みたいな話だな。女性の恨みは怖い」

「僕に取り憑かれる理由は微塵もありませんから、そんな怪談話の男性とは立場が違います」

「ということはだ、慧海」

湯飲みを手に父は何かを企む顔をする。

「その掛け軸が手元にあれば、誰の夢の中にでもその女性の幽霊が出てくるということだよな」

「……でしょうね。中学生の夢にまで現れるぐらいですから、見境ないと言いますか、人を選ばないと思いますけど」

父の思惑がわからずに慧海は慎重に答えた。

「心霊現象というのは結構人気があるんだろう？」

「……かもしれません。楓磨くんも心霊スポットに行ったと言ってましたしね。僕にはわかりませんが、興味のある人はそれなりにいるんだと思います」

「だろう？　ということはだよ。枕元に置いて寝るだけで夢に本物の幽霊が現れる掛け軸だ。売れば儲かると思わないか？　夜な夜な現れる絵姿の美女だぞ」

「何言って――」

言い返そうしたちょうどそのとき、目玉焼きの皿や茶碗を載せた盆を手に母が近づいてきた。

「どうしたの？」

ぴたっと会話を止めた息子に母が不思議そうな顔をする。

「あ……うん……」

(幽霊が見えたとか言えるわけないぞ)

母は慧海の不思議な能力のことを知らない。

祖先から受け継いだこの能力が現れたとき、父に言われたことを慧海は忘れていない。

『お母さんに、なんて言うの? お母さん、怒ったりしない?』

怯える慧海の肩に両手を置き、父は慧海の目をじっと見つめた。

『お母さんは絶対に怒らないよ。慧海のことを愛しているからね』

愛というぼんやりしたものが何かははっきりわからなかったが、その言葉は慧海を安心させた。

『その代わりに、お母さんはとても悲しくなる』

『僕のせいで?』

『違うよ。何度でも言うけれど、慧海の力は慧海のせいじゃない。でもね、お母さんはきっと自分のせいだと思うんだ』

『どうして?』

『お母さんは慧海と自分は一体だと信じてるんだ、慧海を誰よりも愛しているからね。慧海を守るためなら、どんなに苦しくてもいいって思ってる』

一体という意味がそのときはわからなかったが、母が自分のために苦しむことだけはわかった。

『そんなの駄目！』

『そうだね。でもそれがお母さんの慧海への愛なんだよ』

父はまた愛という言葉を使って、慧海に微笑みかけた。

『僕は、お母さんが苦しいのは嫌だよ。どうしたらいいの？』

明るくていつも笑っている母が泣いたりするのを考えただけで、子ども心にもとてもつらく、慧海は父に訴えた。

『慧海の力のことは、お父さんが全部引き受ける。慧海が困ったら必ず相談に乗るし、一緒に戦う』

母の愛に対して父は戦うという言葉で慧海の背中を支える。

『だから、このことはお父さんと慧海の胸にしまっておこう。そうすればお母さんは悲しまない。慧海はお母さんを守ることができるんだ』

『僕が何も言わなければ、お母さんを守れるの？』

『守れる。約束できるか？　慧海。その代わり慧海のためにお父さんがお母さんの分も全力で戦う』

慧海が大きく頷くと、父は何かを堪えるような顔で、慧海の肩をぎゅっと握った。

そのときの父の顔は滅多に見たことがないほど真剣で厳しく、そして頼もしかった。

自分が何も言わないことで母を守れるということ。

父が自分にその大事な約束を与えてくれたことが慧海には誇らしく、決して忘れることはない。

だから今も、絶対に幽霊のことは隠さなければならなかった。

どう言い逃げたものかと慧海は頭をフル回転させるが、父は朝食のメニューを尋ねるような気楽さで口を開く。

「実は、この間小山内さんから預かってきた掛け軸のことなんだけどね。その掛け軸に描かれている女の人が幽霊になって、そこに取り憑いているらしいんだよ」

母が盆を持ったまま、顔をしかめる。

「な、慧海。そうだろう？」

（なんで俺に振るんだよ？　言っちゃっていいわけ？）

動揺しつつも、言い出したのは父だから最後の責任は父にあると慧海は腹を括る。

「そうなんだ。信じられないかもしれないけど、俺の夢に出てきちゃって、どこからどう見ても幽霊なんだよね。もともとは小山内さんのところの楓磨くんがそう言い出して。嘘かと思ったけど確かめたら本当だったみたいなんだ。びっくりだよ」

「慧海から聞かされて、私も驚いたんだけどね。この寺の中で幽霊が出るとはねえ。困ったもんだよ」

いけしゃあしゃあとうそぶいた父はつるりと頭を撫でた。

母はあまり驚いた様子もなく慧海と父を見返して、「それで？」とだけ言った。

「……お母さん、幽霊って信じるの？」

「私は見たことがないし、いるともいないとも考えたことがないわね。でも慧海が見たって言うんだからいるんでしょ」

あっさりと答える母に慧海は驚き、同時にかつて父に言われた言葉を思い出す。

――お母さんは慧海と自分は一体だと信じてるんだ。

（修行もしないでその境地になれるって、親ってすごいな）

思わず合掌したくなるような母の愛に慧海は内心頭が下がるが、母は当然の顔で聞く。

「その幽霊がどうかしたの？」

「夜な夜な夢に出てくる美人の幽霊が取り憑いた掛け軸っていうんで、売れるんじゃないかと思ったんだ。掛け軸が寺を離れれば、慧海は夢を見なくなるし、こちらは金子《きんす》もいただけるしで一石二鳥だろう」

父が得意そうに言うと、母がぐっと眉根を寄せて、不穏な気配を醸し出す。

（おふくろの機嫌が急降下した。黙ったほうがいいよ。おふくろが切れるかもしれない）

滅多に爆発しないが、感情を露《あら》わにした母は相当怖い。

父と高校時代の同級生だったという母は基本笑顔の明るい性格で、人の好き嫌いをほとんど口にしない。檀家との付き合いは腰低く、ご近所との付き合いはそつなくこなす、松恩院の坊守《ぼうもり》、つまり住職の妻として大変に有能な女性だ。

父にいろいろ文句はあるが、配偶者を選ぶ目は確かだと慧海でさえ思う。

高校時代の写真を見ると、目の大きな童顔で年齢よりかなり幼く見える。くりくりした目が特徴で、学生時代はゆるキャラと言われた慧海は母親に似たのだろう。

だがその母は今、無表情で目玉焼きの皿を父の前に置いた。

(ほら、やっぱり怒ってるよ、おふくろが)

慧海が僧侶として松恩院でお勤めをするようになってから、父と慧海が仕事に関わる話をしているときに母はほとんど口を挟むことはない。

今だって父が「檀家の用事を慧海に頼んでいた」とでも言えば、母は黙って納得してくれただろう。

(本当に口が軽いっていうか……適当なんだから。俺は知らないぞ)

防御態勢に入った慧海に気づかず、父は機嫌良く続ける。

「どうだ、松恩院の経営の足しになるし、おまえも少しは楽になるぞ」

父の言葉を遮るように、母が父の鼻先に白飯を山盛りによそった茶碗を突きつけた。

「……多いぞ。医者に食事の量には気をつけるように言われてる」

「くだらないお金儲けを考えなくても、家《うち》はこんなにたくさんご飯をいただけるんですよ。知らなかった?」

母はてんこ盛りの飯碗を父の前に置いて、自分の席に着いた。

「人様からお預かりしたものを売るなんて、どういう了見なの? 冗談にしても全然笑えませんから。聞くだけで耳が穢《けが》れるわね」

母のつんけんした口調に、父は気まずく咳払いをして誤魔化した。

「そういうわけで、早く本山に納めに行ってください。お願いします」

「そうだな」

父は今度は素直に同意した。

「こっちに預かる間、あの掛け軸を本堂に置いておきますよ」

頼みついでに言うと父が「それは駄目だ」とすぐに返してきた。

「どうしてです？」

「夜な夜なその幽霊は出てくるんだろう？　御仏が驚かれたらどうする？」

そんなことで驚く御仏ではどうしようもないと思うが、不謹慎なことを言うのは控える。

「じゃあ、お父さんの部屋に置いてくださいよ。小山内さんの話を引き受けたお父さんにも責任の一端はあるんですから」

「駄目だ」

「だからどうして？」

考慮する様子もなく断られてさすがにカチンときた慧海は、仕事上の口調を忘れて素に戻った。

「お母さんの夢に出たらどうする？」

目玉焼きの黄身に醤油を垂らしながら父が言った。

「あ――」

箸を握ったまま慧海は母を見た。

（そうか……隣で寝てるおふくろの夢に出るっていう可能性もあるのか……でもどうだろう？　基本男の夢に出るとか……ないかな？）

「いやだからね」

慧海の内心を読んだように母が素っ気なく言う。

「この年になると眠りが浅くなってくるのよ。幽霊なんかに出られたら翌日寝不足で堪えるから無理ね」

「……そうだよね……」

満足そうな父の顔にため息を押し殺した慧海は、鬱屈をぶつけるように目玉焼きの黄身を箸で思い切りかき混ぜる。

「それにしてもなんで幽霊になんかなったのかしらね？」

「……さあ……何か思い残すことでもあるんじゃないのかな」

住職の妻だが松恩院の宗派に特に思い入れのない母の疑問に、慧海も息子として答える。

「そうよね……いろいろあったんでしょうよ。なんとなくわかる気がするわ」

「そうなの？」

「じゃないのかしら。その掛け軸がいつの頃の時代のものかはわからないけれど、女性特有の苦労があったと思うわよ。今だって日本の女性の地位は低いって統計があるぐらいだから、昔なら尚更じゃないかしらね。女性ならではの、余計な面倒もあったかもしれないし。こう言っても、男の人にはわからないだろうけど」

　訳知り顔で言う母に慧海は口を挟めない。

「可哀想に。幽霊になるほど思い残すことがあるなんて気の毒にね。私は死ぬときはそんな思いはしたくないわ。お父さんも慧海もちゃんとしてよね」

　どういう意味なのか——父と慧海は顔を見合わせ、曖昧に頷いた。


「へぇ、これが例の掛け軸ですか」

　缶ビールと揚げ空豆を手にやってきた柴門が、慧海が広げた掛け軸を見て声を上げた。

「いつ頃のもの？」

「柴門はどう思う？」

「……やっぱり明治ぐらいかなあ……。女性の髪型がちょっとモダンだろう？　あと着物の柄もどことなく洋風な雰囲気がある」

「だよなあ……親父も、ハイカラな感じがするって言ってた」

　掛け軸を箱に戻してから、慧海は缶ビールを開ける。

「それにしてもホントにそういうことってあるんだね。僕は一度も経験がないから君が言ったんじゃなければ信じられなかったな」

「伝聞は経験を越えられない。おまえ、この掛け軸と一晩一緒に寝てみないか？　幽霊を体験できると思うぞ」

「うーん……」

すぐに断るかと思ったが、意外にも柴門は考え込む顔で空豆を剝く。

「いや、やめておこう。結婚相談員として霊体になるほどの人の業というものを一度体験してみたい気持ちはあるが、興味本位で手を出すのは良くない。君のように霊体に耐性と理解がない人間が、面白半分で試すと火傷《やけど》しそうだ」

「おまえにしては真面目な意見だ」

「僕はいつだって真面目だよ」

どこまで本気かわからない口調で柴門は笑った。

「結婚したい、結婚しなくちゃって人と毎日向き合ってると、人はいろんな業に囚われてるんだなって思うよ。もちろん僕もそうだけどね」

しみじみと空豆を嚙みしめる柴門の胸の内には、激しく愛しながらも別れざるを得なかった人への渇望に近い気持ちが未だにあるのだろうか。

友人の心を慮った慧海は無言でビールを飲む。

「で、その掛け軸をどうするんだ？」

自分の気持ちを引き立てるように柴門が明るい声を出す。

「本山に父が持っていくことになっている。毎晩夢に出てこられるのはつらいから、なるべく早く行ってもらわないとな」

「本山ではその霊体を掛け軸から出してくれるの？」

慧海のぼやきに乗らず、柴門は真面目な顔で聞いてきた。

「……いや……お焚き上げはしてくれるけれど、霊をどうこうするってことはないと思う。うちの場合人は皆成仏するって考え方だから、幽霊は存在してないんだよ」

八百万《やおよろず》の神を受け容れている人が多数をしめるこの国では、いろんな宗派の概念が入り交じっていて、簡単に説明をするのは難しい。

(日本では普通に厄払いもすれば、風水を気にした新居を用意して神父の前で愛を誓うし、神棚と仏壇が共存してまったく問題ない家も多いしな。俺の考え方とは違うけど、幸せならそれでいいんだって思うときもあるよ)

年齢にそぐわない諦観《ていかん》を抱いてさらりとした説明に留める慧海に、柴門は納得しない声を出す。

「なんだか可哀想だよね。僕だったら最後の望みが叶えられないままにお焚き上げなんかされたらすごい恨んじゃうけど。それとも、中学生の悩みは取り除くけど、霊はもう現実には生きていないから苦しくてもいいとか」

「……嫌な言い方するな」

夢の中で『出して、出して』と必死に訴えていた女性の顔が生々しく思い出されて慧海は顔を歪めた。

「実際のところ、君だって気になるんだろう？」

「……おまえがおかしなことを言うから気になっただけだ」

そうは言ったものの、「幽霊になるほど思い残すことがあるなんて気の毒にね」という母の言葉が浮かんできた。

「ほら、気にしてる」

隠し事のできない慧海の表情を読んだ柴門が笑う。

「君ってとことん優しいよね。中学生の悩みも霊の悩みも同等なんだね」

「最初に言い出したのはおまえだろ」

「君の無意識の心配を意識化してあげただけだよ」

柴門にいなされて慧海はため息をついた。

「それにしても、どういう人なんだろうな？」

「源治郎さんに聞けばわかるんじゃないのか」

「そうなのかな？　夢の中でも苦しそうで、あまりはっきり言葉は言わないけど」

「そこは霊体同士、テレパシーとかで話し合えるんじゃないのか？」

適当なことを柴門は軽やかに言う。

「テレパシー……そんな都合のいいこと……あ――」

掛け軸を見た源治郎が顔色を変えて、耳を塞いでいたことを思い出す。

（あれは、もしかしたら掛け軸の女性の声が聞こえていたのかも。無関係の中学生の夢にまで入り込んでくるぐらい切実だから、こっちには聞こえなくても、あの女性がずーっと何かを訴え続けていて、それが源治郎さんには通じていたのか……）

「あるかもな……俺たちには聞こえない声が、源治郎さんには聞こえているっていうのは考えられる」

「だろ？　ゴールトン・ホイッスルみたいにさ、霊体になると周波数の違う音まで聞こえるとかありそうだろう？」

「ゴールトン・ホイッスルって犬笛のことだろう？　霊体は犬じゃないぞ」

ポジティブに奇っ怪なことを言う柴門を慧海は軽く睨《にら》む。

「ごめん。悪い意味じゃないよ。だって人に見えない形で存在できるんだから、人に聞こえない声で会話だってできるんじゃないかと思っただけだよ」

「おまえの言うことが本当で、源治郎さんがあの女幽霊の正体を知っていたとしても、俺は源治郎さんと直接話せるわけじゃないんだぞ。源治郎さんの身振り手振り、視線の意味を俺が読解するっていう、高度な作業が必要なんだ。詳細を聞き出すのは難しいと思う」

「文字ボードを使うなんてどう？　慧海が当たりをつけた質問をして、その答えを文字で指し示してもらう。上手くいくんじゃないかな」

柴門は空中にひらがなを書いて見せる。

「……どうだろう……源治郎さんは自由だからなあ。そこまで協力してくれるかどうかわからないな」

「それもそうか。霊体になってまで努力したくないもんね」

ぱりぱりと空豆の皮を剝く柴門があっさりと前言を翻した。

「おふくろが言うには、男にはわからない苦労があったんじゃないかってことだけど。当たらずといえども遠からずってことなんだろうな」

「へぇ、そうなんだ。お母さんも住職の妻として苦労してるのかもね」

「そうみたいだな。今でも日本の女性の地位は低いとか、死ぬときは恨みたくないからよろしく頼むって俺と親父に当てこするみたいなことを言ってたよ」

「きついな」

柴門がすっきりした顔に苦い笑いを浮かべる。

「黎子《れいこ》さんもそんなこと言ったよ。女性ってだけで厳しい選択を突きつけられるってね」

失意のうちに別れた恋人の名前を口にする柴門に慧海は胸が疼《うず》く。

「……でも、俺たち男だってつらいことあるよな」

「そうだね。男ってだけで弱音を吐けないことがある。男らしさっていう謎の基準が厳しすぎる上に価値観がひとつしかなくて生きづらい。男らしくできないし、したくない男だってたくさんいるのにね」

「おまえは昔から上手くやってる。正直羨ましいぞ」

「そうかな？　僕は君が羨ましいよ」

「それはつまり、隣の芝生は青いってことだな」

慧海の結論にそうだとも違うとも言わずに、柴門は微笑んだ。

6

――なんだか可哀想だよね。僕だったら最後の望みが叶えられないままにお焚き上げなんかされたらすごい恨んじゃうけど。

夜中にまた絵姿の幽霊に「出して」と懇願された慧海の脳裏に、柴門の言葉が蘇る。

（出してって言われましても、だよな。出すってどこから？　それに出してみたらぶすりと刺されたりとかあったらどうする？）

霊体への怖れはほとんどない慧海だが、出自のわからない霊体には警戒心が働く。

（刺されるのも嫌だけど、それより、霊体になってからまで罪を犯させるのは可哀想だ。それこそ一生成仏できなくなるよな）

やはりどういう理由で霊体としてこの世に残っているのか、解明したほうがいいのだろうと、慧海はしぶしぶながらその結論に達した。

（ってことはだよ。やっぱり柴門の勧めどおり、源治郎さんに聞くしかないだろうよ）

覚悟を決めた慧海は納骨堂の扉を開放して、源治郎に部屋まで来るように頼んだ。いつも外にでる機会を窺っている源治郎は、呼び出しに応じて嬉しそうに慧海の部屋にやってきた。

「源治郎さんは昼間のほうが調子が良さそうですね」

窓から差し込む日差しを浴びて気持ちよさそうに漂う源治郎に、慧海は言った。

問いかけに大きく頷いた源治郎は、重ねた両手を頬にあてて目を閉じる。

「眠たくなるほど気持ちがいいんですね」

また「そうだ」というように頷いて、源治郎は窓の外を眩しげに眺めた。

徐々に夏めいてくる日差しに照らされて光る頬は少し透けて見え、どんなに活き活きと振る舞っても源治郎が霊体であることをあからさまにする。

(そうだよな……源治郎さんはもう今日の日差しの熱を、実際に肌で感じることはできないんだな)

現世での記憶を頼りに日差しを楽しむ源治郎の横顔に、慧海は胸が痛んだ。

やはり現世での生を終えた人間は成仏するのが幸せだと思う。

「……源治郎さん、この間、小山内さんの家から持ってきた掛け軸のことなんですが、あの女性ってどういう人かわかりますか？」

ああ――という顔で慧海のほうへ向き直った源治郎は「わかる」というように、軽く頷く。

(柴門の言ったとおりだ。やっぱり知っていたのか……すごいな。とりあえず、何かわかるぞ)

感心しつつほっとした慧海は、それを聞き出す作業を始めた。

「ええと……まず、あの人が生きていた年代ですが……明治ぐらいでしょうか？　父と柴門がそれぐらいじゃないかと言うんですが」

源治郎が頷くと、慧海は次の質問をする。

「幾つぐらいでしょうか？　楓磨くんは『オバサン』と言ってましたが、まだ若いですよね？」

右手の親指と小指を折って、源治郎は三本の指を立てる。

「三十代……？」

頷く源治郎に慧海も頷き返す。

(順調じゃないか？　もしかして、俺、霊体と会話する方法を会得した？　住職より先に高才達識《こうさいたっしき》の人になっちゃったかも)

自画自賛しつつ慧海は慎重に先へ進める。

「……あの人はこの世に強い思いを残して亡くなったと思うんですが……どういう理由なんでしょうか？」

さすがに質問が複雑すぎるのだろう。源治郎が眉間に皺を寄せて動きを止めた。

(もっと具体的に聞かないと駄目だよな……全然会得してないぞ)

素早く反省した慧海は、違う方向から攻める。

(三十代ってことは明治とはいえ、平均寿命前だよな……ということは、まだまだ生きたかったということかな？)

「本意ではない亡くなり方だったとかでしょうか？　たとえば、思いもかけない病気とか事故とか……」

そこまで言って慧海ははたと気づく。

(恨むってことは……サスペンス的なもの？　……まさかね)

そう思いつつも選択肢のひとつとして、おそるおそる思いついた、そのひとつの可能性を提示する。

「僧侶が言うのははばかられますし、物騒な話ですが、誰かに命を奪われたとか……そういうことでしょうか？」

ほう、という顔で源治郎が目を丸くした。

「当たりですか？」

頷く源治郎が、右手を湯飲みを持つように丸い形にして、口元にあてて呷《あお》る動作のあと、天を見あげて「えっ？」というような顔になる。

(ん？　何か飲んだら、すごく不味かったとか？)

「腐ったものでも飲んじゃったとか？　……食中毒……でしょうか？」

だが慧海の解釈の低さを叱るように源治郎がかっと目を見開いて慧海を睨んだ。

「え？　何、何ですか？」

思わずそう聞くほどの気迫を漲らせた源治郎は、片手を喉にあて、もう片手を宙に突き出して何かを掴むように指を曲げた。猛禽類の脚のように曲がった指が何かを掴んだらしく、しっかりと握りしめる。

苦しげに顔が歪み、呼吸を求めるように口が開く。

「源治郎さん！　大丈夫ですか！」

慌てて手を伸ばす慧海の指の先で、源治郎が白目を剝き、がくっと首を垂れた。

「源治郎さん！　ちょっと、どうしたんですか！　まさか――」

本気で焦った慧海の叫びに、源治郎がひょいっと顔を上げて穏やかな表情に戻る。

「あ……良かった……なんでもないんですね」

福々しい顔の源治郎が「大丈夫」というように、右手のひとさし指と親指で「ＯＫ」マークを作る。

「……びっくりしましたよ」

霊体がもう一度命を失うことなどないとは思うが、何が起きるかわからないのが源治郎だ。だが慧海の慌てる顔に源治郎が嬉しそうに笑った。

「笑い事じゃないですよ。本気で心配になったじゃないですか」

源治郎が腰の両脇に拳をあてて「上手いだろう」というように胸を張る。

「ほんとに上手いですよ。迫真の演技です。日本アカデミー賞候補になれそうです」

得意げな源治郎に慧海は心からの褒め言葉を献上する。

(俺も大変だけど、源治郎さんだって俺と話をするために苦労してくれているんだよな。霊体になってから、こんなに演技力を磨いてくれているんだからさ)

そう思えば、たったひとりの観客としてその演技力に惜しみない賞賛を与えるのは当然のことだった。

「ええっと、つまりこういうことですね」

慧海は話を戻して、源治郎の仕草から読み取った内容を確認する。

「あの女の人は何か悪いものを誰かに飲まされたってことでしょうか？」

源治郎が驚いた顔をして見せたということは、予期しないことだったという意味だろうと察した慧海はそう聞く。

「ん？」

慧海の考えを裏付けるように頷いた源治郎が、思わせぶりな顔で右手の小指を立てた。

(小指を立てるって、恋人って意味？　まさか恋人に毒を盛られたのか？　だったら恨むのも当然だけど)

「あの女性の恋人が犯人ってことでしょうか？」

おそるおそる聞く慧海に、源治郎が首を横に振ったあと、考え込むように両腕を組む。

源治郎は源治郎で、どうやって情報を伝えようかと悩んでいるのだろう。

(俺がちゃんと考えなくちゃ駄目だな。源治郎さんにこれ以上手間をかけさせるわけにはいかない)

陰惨な事件などとんと縁のない慧海だが、必死にありそうな原因を考えた。

悩む慧海の顔の前に、源治郎が両手の親指と人差し指で三角形を作って見せる。

「……それは……おにぎり？」

ムッとした顔で源治郎はさらにその三角形を鼻先に突き出してくる。

「……三角形……」

源治郎が「そうだ」というように頷き、右手の親指と小指を交互に立てた。

（ちょっと、難しい……助けてくれ、柴門。源治郎さんに教えてもらえって言ったのはおまえだぞ、少しは協力を……）

この場にいない友人に内心で助けを求めながら慧海は必死に指の意味を考える。

（おにぎりじゃなくて、三角で、親指と小指。小指は女性の恋人……で親指は……ん？）

頭の中で電線が繋がったように、ふっと目の前が明るくなる。

「もしかして、三角関係のごたごたということでしょうか？」

ぱっと顔を輝かせた源治郎は、褒めるようにぱんぱんと手を叩く仕草をする。

（痴情のもつれってやつか……）

「つまり、あの女性は、恋人だった男性が二股をかけていた女性に、毒を盛られたってことでしょうか？」

曖昧な雰囲気で首を傾げた源治郎は、親指を立てたあと、左手のくすり指を叩く。

（……ええと親指が男性とすると……左手の薬指ってことは……）

「その相手の男って、結婚してたってことですか？」

大正解というようにぐいっと親指を突き出す源治郎に、解読したことを喜ぶよりも慧海の胸に虚脱感が押し寄せてくる。

「……あの女の人は……不倫相手の奥さんに毒を飲まされたってことですか？」

源治郎が悲しげな顔で胸に手をあてて、ため息をついた。

「……そうですか……」

夢の中で「出して、出して」と訴えてくる女性の顔がまざまざと浮かんできた。美しい顔に浮かべた苦しげな表情と声。

いったい「出して」というのはどういう意味なのか？　彼女が何をしたいのかはわからないけれど、彼女は不本意に命を絶ちきられた思いをこの世に残してしまっているのだ。

彼女の生き方がいいか悪いかは慧海にはわからないが、今の状態は切ないとしか言いようがない。

「……教えてくれてありがとうございます。源治郎さん。お手数をおかけしました」

知ってしまった事実に激しい疲労を感じた慧海は、礼を言うのがやっとだった。

気の毒そうな表情を浮かべた源治郎は、また窓の外を眺めるように慧海に背中を向けた。

さすがに心の内に留めておくには重すぎて、慧海は事務室で書類を見ていた父に打ち明ける。

「あの女性がいいことをしたとは言えないけど、いくらなんでも気の毒すぎない？」

僧侶というより、ただの息子として慧海は愚痴る。

「そうだなあ……」

父もなんとも言えない顔をした。

「感情というのは自分でもどうしようもないときがあるからな。他人がしたり顔であれこれ言えないことも多い。そう簡単に自分の思いをコントロールできるなら、この世の人間は皆大師だ」

「そうだね」

父の意見に慧海は同意する。

「やっぱりあの人、誰かを恨んでいるんだと思う？　だから現世に残っちゃってるのかな？」

「まあ、そうだろうな。いいことをしたいからこの世に残るっていう幽霊なんぞ聞いたことがない」

「そうだよね。源治郎さんは違うと思うけど」

「何事にも例外はある」

「それは言えてる。だとすればあの人は誰を恨んでるのかな？　不倫相手の奥さんかな？」

「普通そうだろう。おまえの話によると実際手を下したのは奥さんなんだろうし。ドラマでも三角関係の場合はだいたい男そっちのけで女性同士で恨み合うようになっているぞ。本来は男が一番悪いと思うが、脚本家が男なのかもしれんな」

父にしては案外とまともな意見に頷きつつ、慧海はもう一歩踏み込んだ。

「あの掛け軸、このまま本山にお願いしていいと思う？」

「どういう意味だ？」

「もしも……もしもだよ。上手く成仏できなかったらどうする？　その場合、最後にいたこの松恩院に戻ってきちゃったりしないかな？」

父がぎょっとした顔をしたものの「まさか」と否定する。

「本山でお焚き上げをするんだぞ。さすがにそれはないだろう」

「でもさ、柴門が、最後の望みが叶えられないままにお焚き上げされたらすごい恨むって言うんだ。そうなったらここに戻ってくるとかない？　住み家だった掛け軸をお焚き上げしちゃったら、もう戻るところがないから永遠に成仏できないかもしれないよね……」

爽やかな顔で物騒なことを言っていた柴門の言葉には妙な真実味がある。

（あいつ、結構鋭いから怖いんだよな。適当そうなんだけど案外嘘は言わない）

「柴門くんがそんなことを言ったのか？　なんというか、彼は僧侶には向いてないが開祖には向いてるな。ついつい彼に視線が引き寄せられて、言うことを聞いてしまうようなカリスマ性がある。彼が言うなら、その意見も一理ありそうな気がしてくるなあ」

「お父さんもそう思う？」

「……思いたくないけどな」

渋い顔をして父は珍しく黙り込む。

「万が一ここに居座って、毎晩夢に出てこられたら俺もさすがにつらいんだけど。そのときはお父さんのところへ行くように言っていい？　松恩院の代表なんだから、それぐらい面倒見てくれるよね？」

半ば本気で言うと、その場面を想像したらしい父が、

「いやいや、ちょっとそれはどうなんだ」

と呟いてぶるぶると首を横に振った。

「女性の恨みは怖いぞ、慧海。古都子もこの間、私たちに厳しいことを言ったな……」

「うん……そうだね」

顔を見合わせて、女性の情念について視線で語り合う。

「ちょっと古都子に聞いてみるか……おまえも来なさい。慧海」

おもむろに立ち上がった父について慧海は自宅の居間に戻った。

「あら、二人で何？　お茶だったら自分で淹《い》れてね。私は今忙しいから」

手元のスマートフォンのゲームに目を落としたまま母が言った。

「いや、邪魔して悪いんだが、ひとつ聞きたいんだ」

「何？　来月の中原《なかはら》さんの法事なら手配は済んでるわよ」

そう言いながらも母は、ぱぱっとゲーム経過を保存して顔を上げた。

「そうじゃなくて、な……女性の恨みというのは長く残るもんかな？」

はあ？　突然何を言っているの、この人は、という母の顔に、父が困ったように慧海を見てから口を開く。

「実は、この間小山内さんから預かってきた掛け軸のことなんだが……」

「あの、幽霊が取り憑いているという掛け軸ね。それがどうかした？」

「本山へ持っていって、お焚き上げをしてもらう算段でいたんだが、それで成仏できるものだろうか？」

「なんで私に聞くの？　それはあなたと慧海の仕事じゃない」

「それはそうなんだが……だな……」

真っ当な母の意見に気圧される父に、慧海が助けに入る。

「夢の中のことだからはっきりはわからないけど、なんとか話を繋げてみるとさ……あの絵に描かれた女の人って、どうやら付き合っていた人の奥さんに毒殺されたみたいなんだよね」

「何なのそれ？　二時間サスペンスドラマの見過ぎじゃないの？」

母が思い切り顔をしかめる。

「いや、違うよ。酷い話なんだけど本当だと思うんだ。あの掛け軸に取り憑いた幽霊が誰かを恨んでいる気持ちがすごく切実なのが伝わってきて、言っていることが嘘とは思えないんだ」

源治郎さんという松恩院に居住する霊体から詳細を聞きました――とは言えない慧海はたどたどしく説明する。

「松恩院の僧侶がそういうことを言っちゃ駄目なのはわかってるけど、見てしまったものは信じるしかないっていうかさ」

「それはそうでしょ」

眉間に皺を寄せて、まどろっこしい息子の話を聞いていた母はあっさり同意する。

「世の中すっきり解決できないことはたくさんあるものよ。だから僧侶っていう仕事も成り立つんじゃない」

「……そうだね」

現実的な母の言葉に慧海は気圧され、父も無言でただ頷いた。

「それで、その女性の幽霊の恨みを本山のお焚き上げで晴らせるかってことを、聞きたいの？」

こくこくと頷く父と慧海を母は交互に見て、淡々と続ける。

「無理だと思うわよ」

「そ、そうなのか？」

言葉を途切れさせた父に母は小馬鹿にしたような視線を向けた。

「慧海とあなたは『不倫』って考えてるんでしょうけど、どうかしらね。あの掛け軸っていつ頃のものなの？」

「うんと……たぶん明治……かな」

曖昧なふうを装って慧海は答えた。

「明治時代ね。だったら必ずしも不倫とは言えないかもしれないわよね」

「そうなの？」

「そう。小説にもあるし映画でも見るけど、その頃だったら妻公認の愛人だったたって場合もあるんじゃない？　裕福な男はお妾さんを持つのが勲章だみたいな、とんでもない考え方もあったようだし」

　母は自分で言って、嫌なことを言ったというように唇を軽く指で拭った。

「掛け軸を誰が作ったかは知らないけど、自分の絵を描かせるぐらいだから、そこそこ裕福な暮らしだったんじゃないかしらね。不倫というより、金のある男が手当を弾んで好みの女性の面倒を見ていたという感じもするわよ」

「なるほど……そういうこともあるかもな」

　父が母の言う意味を察した顔で頷く。

「昔は、浮気をしたり愛人を囲ったりするのは『男の甲斐性』と言われて、妻も口出しできず、夫が囲う女に盆暮れの付け届けまでするってね。囲われてる女のほうは、本妻の目障りにならないように分を弁《わきま》えて、男の通いが間遠になろうといつも身ぎれいにして男を待つ。それがそれぞれの立場のできた女の理想像だったらしいわよ」

「……まさか」

「そうね、まさかと思う息子で良かったわ」

　母は軽やかに笑う。

「でもね。もし慧海の言ったことが本当で私の推理が当たっているとすれば、その女性は恨んでるわよ。愛人と妻の間を上手く取り持つこともできない男の愛人になって、妻に嫉妬されて毒殺されたとしたら、一生どころか来世もその来世も恨むわよ。絶対に」

からっとした口調で母はずばっと言う。

「一生幽霊になっていつまでも恨んでやる。そんじょそこらのお坊さんのぬるいお経なんかで改心するものかと誓ってるわよ。せいぜい数十年しか修行していない僧侶のお経に、百年以上恨んできた魂が折伏《しゃくぶく》できるとは思わないわね」

仮にも住職の妻とは思えない口調で母は、僧侶二人を糾弾するように宣言する。

「……そうか……ご意見ありがとう……古都子」

真に迫った母の言葉に父と慧海はその場を逃げるようにあとにして、事務室に戻る。

「お父さん……どうしよう？」

「どうしたらいいのか私もわからん……」

珍しく弱気になった父に慧海もそれ以上は何も言えない。

(俺、この先もあの幽霊に悩まされ続けるしかないのかな……とんでもないものを預かってしまったんだ)

暗い気持ちになるのを抑えきれない慧海は、安易に引き受けた父を恨みたくなる。

同時に老舗の羊羹に心を動かしたあの日の自分を思い返す。

(上手い話には裏があるんだよな。心しろってことだ)

手にしたボールペンを所在なく回しながら慧海はしても遅いだろう反省をした。

「もう本当にお手上げだ」

源治郎から聞き出した絵姿の顚末を柴門に説明した慧海は、柴門が持ってきたビールを一気飲みして嘆く。

「どうでもいいから本山に押しつけようかと思う」

柴門が開けた袋からバターピーナッツを摘み出して、前歯でかりかりと噛み、慧海は気持ちを落ち着かせようとする。

「それもありなんだろうけどね」

慧海が柔らかい口調と表情で言う。

「でもなあ……おまえの言うとおり成仏しなさそうな気もするよ。おふくろも、ぬるいお経で成仏できるかって言ってるしなあ」

「君のお母さんって素敵だな」

照れることもなく柴門は言う。

「素敵、か？」

母親を素敵などという基準で考えたこともない慧海は声がひっくりかえった。

「ああ、素敵だよ。松恩院の住職の妻としての顔もちゃんとあってそつがない。なのに、家庭では人間的なことをずばっと言う。格好いいよね」

「そういうのを素敵って言うのか？　素敵って女優とかタレントに使う気がする」

「なんで？　会ったこともない人を素敵って思うより、身近な人を素敵だって感じて、口に出すほうがずっといいよ。君のお母さんは一緒に暮らしたらすごく楽しい人だと思う。そういうのって素敵っていうことだろう？」

「……楽しいっていうか、むしろ怖いぞ」

柴門の言うことはわかるが、母を素敵というのは、慧海にとってはハードルが高い。

「優しいだけの女の人はいないよ。家庭を守ろうとする女性はだいたい怖くなる」

「結婚相談員のおまえが言うならそうなんだろう」

「もちろん僕の知る範囲だけになるけど、結婚したらほとんどの女性は強くなって、そのほうが家庭が上手くいったりするみたいだよ」

「女の人って怖いもんだな」

悪気なく言うと、柴門が「そんなことはない」と笑った。

「結婚すると女性が怖くなるっていうのは、主導権を握ろうとする小心な男性側のつまらない意見だと思うよ。女性にしたら、新しく家庭を築く中で鍛えられてるだけって感じだと思うな。男性だって家庭を持てば責任感がつくって言うだろう？　女性だって同じだ」

「つまらない意見で悪かったな……でもまあ、おまえの言うことは当たってると思う。おふくろも松恩院に来て、逞《たくま》しくなったところはあるんだろう」

「そういうこと。妻が強く見えるのは、夫が妻の意見をちゃんと聞いて、認めてる証拠とも言えるんじゃないかって、最近僕は気がついたよ。……結婚相談員も日々修行だね。結婚生活の奥深さは底知れない」

ピーナッツを摘みながら柴門が笑う。

「やっぱり仕事になるとなんでも大変だよな。……それにしてもさ、あの掛け軸をこのまま放り出して、行き場をなくした魂だけが寺に居着いてもつらいし、どこか別の人の夢に出ても気の毒だろう？　俺はある程度慣れているからいいけど、普通の人は夢に幽霊が出たらさすがに驚くと思うんだ」

「ほんと、君って優しいよね。ちゃんと他人の迷惑も考えている。僕にはとてもできないことだな」

ピーナッツをビール缶の上に隙間なく並べて、満足げに眺めながら柴門がしみじみと言った。

「食べ物で遊ぶな、柴門。行儀が悪いぞ」

「ごめん」

素直に謝った柴門が、缶の上からひとつずつピーナッツを摘んで口に入れた。

「とことん僧侶だよ、慧海は。他人はもちろん霊体にも優しいし、食べ物も大事にする。立派だな」

「おまえに言われるとからかわれているとしか思えない」

憮然として慧海は言い返す。

「いや、本気だよ。この間、なかなか結婚が決まらないクライアントが、気弱になって仏門に入りたいと言い出したけど、止めておいて良かったよ。出家は逃避手段ではないと、君を見ているとよくわかる」

「僧侶になったら余計結婚が遠のくと思うけどな……だいたい掛け軸の霊体すら助けられない俺が、立派なわけないだろう。僧侶と名乗っていいのかも怪しい」

「その掛け軸って、汚れているんだよね」

ピーナッツを食べ終えた柴門はビールを一口飲んで、考えながら続ける。

「源治郎さんのジェスチャーの意味だけど、何かを握ったように見えたんだろう？　それって、掛け軸を握ったんじゃないのかな」

「あ……そうかも」

鷲か鷹のように指を曲げた源治郎の仕草と掛け軸の下半分の皺がリンクする。

「そうだとすれば、彼女の魂？　って言っていいのかな、その念みたいのが死に際に握った掛け軸に残ってるって考えられると思うんだ」

少し俯きながら語る柴門はピーナッツと飲みかけの缶ビールを前にしてもとても知的に見え、たいそうなことを考えているかのようだ。

(なるほど、親父の言うとおり柴門には妙なカリスマ性があるな)

「出してくれっていうのは、おそらく掛け軸に囚われる自分を助けてってことなんじゃないかな」

慧海の感想など知るよしもない柴門は先を続ける。

「その意見はとても参考になる。けど、絵に描かれた人をどうやって出すんだよ？　方法がさっぱりわからない」

「それなんだけど、掛け軸をきれいにするっていうのはどうかな。松田佐織里さんのときは、成仏できない魂が残っていたらしい墓誌をきれいにしただろう？」

「……なるほど。それは一理あるかもしれない」

下半身が崩れて形を失った女性の絵姿を思い浮かべて慧海は頷く。

「掛け軸の修復か。表具師に頼むしかないな」

「表具師って、巻物とか屏風《びょうぶ》なんかを仕立てるプロだよね？　修復もしてくれるの？」

「してくれる、というかほぼ表具師にしかできない仕事だ。だからものすごく高い。あれほど破損した掛け軸だとどう見積もっても十万以上はかかるだろうなあ」

その値段に柴門が切れ長の目を見張る。

「技術料だから当然なんだけど、痛いな。今さら掛け軸の持ち主だった人に半分出してもらうわけにもいかないし、必要経費で落ちると思うか？　柴門」

「除霊費用とかでいいんじゃないの？」

「うちは除霊はしない宗派なんだっていい加減覚えろ。阿弥陀如来《あみだにょらい》の掛け軸修復という名目で領収書をもらえばいけるか」

そういう姑息なことをしていいものかどうか慧海は迷う。

「お釈迦《しゃか》さまはそういう細かいことは気にしないいんじゃないのかな」

ビールを飲みつつ気楽なことを言う柴門を慧海は睨む。

「御仏の懐の深さに甘えず。自らを律してこその修行なんだよ」

「じゃあ、ちゃんと自腹を切るしかないよね」

慧海の剣幕を受け流すように柴門がそう言って、涼しい顔でビールを飲んだ。

（くっそ。親父といい柴門といい、面倒なことは全部俺持ちかよ！　そのうち二人まとめて松恩院を出禁にしてやる。そのときが来て、御仏のご加護がなくなっても吠え面かくなよ！）

決して口に出せないような言葉で二人を腹の中で罵った慧海は、勢いをつけて残りのビールを呷った。

7

修復を終えて戻ってきた掛け軸を、両親が見守る居間で、慧海はゆっくりと開いた。

「これはまあ、きれいになったものだな」

「本当、驚いた」

感嘆の声を上げる両親に慧海も同意する。

着物に染められた牡丹は鮮やかに咲き誇り、帯の金糸が輝く。

白い顔はいっそう白く、唇は赤く、婀娜《あだ》っぽい。喉のあたりの染みも消えて、襟元に色香が匂い立つ。

そして何より、惨《むご》く崩れていた下半身が見事に蘇り、柳腰のすんなりした姿が際立っている。

「これが噂の幽霊美女なの？」

慧海の背後から覗き込みつつ尋ねる母に父が頷く。

「なるほどねえ……」

「なるほどって、どういう意味？」

頬に手をあてて納得する顔の母に慧海は尋ねた。

「所帯じみてなくて、きれいで、色っぽくて。そのおかげでいいこともあったろうけど、徒《あだ》になることもあったはずよ。どっちにしても本人の望みとは別の人生になってしまったんじゃないかしらねえ。……南無阿弥陀仏《なむあみだぶつ》、南無阿弥陀仏」

自分だけは絵姿の女性の気持ちがわかるとでも言うように深く頷いた母は、掛け軸に向かって手を合わせる。

「……これで済んだのか、慧海」

合掌する妻に父は異論を差し挟まずに慧海を見た。

「だと思う。今夜枕元に置いて寝てみるよ」

ため息交じりに慧海は答える。

本当ならこのまますぐに本山に持っていってもらいたいが、自分が試みた結果を知らずにいるのは良くない。

（もしかしたら、まだ出られないって苦しがってるかもしれない。けど、そうなったらもうお手上げなんだけど）

「そうか、ご苦労だな」

「そう思うんだったら、修復代金をなんとかしてくれる？　俺が全部払うには高すぎるんだけど」

とりあえず自分の貯金から支払った掛け軸の修復代金を考えると、さすがにめまいがする。

「いや、今さら小山内さんから取り立てるわけにいかないだろう」

「そんなこと言ってないよ！　寺の経費で払ってって言ってるんだよ！」

しらっとした顔で言い逃れようとする父に慧海は声を荒らげた。

「除霊のための支払いは無理だ。松恩院の教義に反する」

「じゃあ、お父さんが半分払ってくれよ。連帯責任だろう？」

負けじと言い返すと、父がまた何かを言う前に母が口を挟む。

「きれいになった掛け軸の前でみっともない言い争いはやめなさい」

静かだがぴしりとした口調に、慧海は口を噤《つぐ》み、父はばつが悪そうな顔になった。

「まったく、そういう男のくだらない言い争いが、この絵の女性や、相手の妻を不幸にしたんだと思うわね」

母は呆れた顔で、父と慧海を見る。

「慧海は払ったお金のことをぐちぐち言わない。お父さんはあれこれ屁理屈を言わずに、慧海と折半。それでいいでしょう」

駄目だなどとは言えない視線の強さに、慧海と父は何度も頷いた。


その夜、枕元に掛け軸を置いて眠りについた慧海の夢に、掛け軸の女が現れた。

「出してくれてありがとう、慧海先生」

頭の中で声がして、姿が現れる。

(あ、脚が……ある)

もちろんそこは霊体らしく、足先まではっきり見えるというわけではないが、陰惨に崩れていた下半身がきれいに形を成していた。

「本当に、本当にありがとう。苦しかったんですよ……もう長いこと」

夢の中なので音は聞こえないはずなのに、彼女の声は柳の新芽のように滑らかで艶があるのが感じられる。艶っぽい顔によく似合った声だ。

(きれいだし、声も色っぽいな……)

これは夢だとわかっていながら、慧海はそう思う。

「話したくても喉が潰れたみたいに苦しくて声もでなくてねえ……誰に頼んでも助けてくれなくて。男なんてみんな薄情って思ってたんですけど、親切な男もいるもんですねえ。あたし、男ってものを見直しましたわ、慧海先生」

少し蓮っ葉な言い方をして笑う口元が濡れて、ぞっとするほど美しい。

（……これは……やはりおふくろの言うように、きれいすぎて不幸になったのかな……夫の愛人がこんな美人だったら……結構切ない）

母の言っていたことがわかる気がして慧海は、夢の中だというのに見とれる。

「あたしはね、若い頃芸者をしていたんですよ」

（なるほど、なんだかそういう垢抜けた感じだな）

幽霊の身の上話を聞く不自然さなど感じずに慧海は夢の中でも頷く。

（悩みを聞くのは僧侶の務めだ）

会話にならなくても慧海の心を感じるのか、彼女が嬉しそうに先を続ける。

「そこで大店《おおだな》の旦那に見初められて、引き取られたんですよ。妾としてね。妾ってわかりますかね？　本妻じゃない、情人ですよ」

（妾も情人も今は使わない言葉だけど……わかります）

心の中だけで答えると、通じたように女が笑った。

「妾になったのも別にあたしが望んだことじゃなかったんですけどね、それしか仕方がなかったんですよ。人間生まれたからには、生きていかなくちゃいけませんからね」

――本人の望みとは別の人生になってしまったんじゃないかしらねえ。

（おふくろって鋭いな。素敵だ）

眠っているのに母の言葉が思い出され、柴門に言われた言葉を頭の中で呟く。

「先生が直してくれた掛け軸は、その旦那が描かせたものなんですよ。当時人気の美人絵の絵師でね。あたしは家に飾ってたんですよ。自分の絵姿を飾るなんて、臆面もないって思うでしょうけど、いい出来で、そりゃあ自慢でしたからね」

女は少し口を歪めて、思い出すように切れ長の目を細めた。

「それが近所でも評判を呼んで、聞きつけた旦那の奥さんが、掛け軸を見せろと言って家に乗り込んできたんですよ」

白い頬を少し引きつらせて女が囁く。夢の中なのに、何故か声の調子が微妙に変わるのを感じる。

(これって骨伝導みたいなものかな……結構便利だ)

的外れの感慨を抱きながら慧海は女の話を聞く。

「名家の出で、当時には珍しいほど教育を受けた奥さまでしたよ。あたしなんかにはわからない本もたくさん読んでいらっしゃいましたし、文章も書けましたよ。なんでも短歌の会なんかでもてはやされてるって、旦那から聞いてました。綸子《りんず》をぴしっと着て、学校の先生のように隙のない方でしたけど、最初からあたしを睨んで怖い方でした。あたしのほうは奥さまに含むところは全然ありませんでしたけどね」

右肩をすくめた彼女の首筋が艶めく。

「掛け軸は床の間に飾ってありましたからね、どうぞ気のすむまでご覧くださいって言ったんですよ。夫の妾の絵姿の掛け軸なんか見て何が面白いんだろうかと思いましたけどさ」

その言い方に慧海は少しだけ底意地の悪さを感じた。

（きっとその教師みたいな真面目な奥さんより、この人のほうがずっときれいだったんだろうな……他のことでは敵わなくても、旦那さんが、わざわざ人気絵師に描かせたほどなんだよ……って見せつけたんだ……なかなか怖いな）

それでも慧海は彼女がすべて悪いとは思えない。

元はと言えば妻と愛人それぞれのいいとこ取りをしようとした男のせいだ。

「掛け軸の前に座った奥さまに、とりあえずお茶を出したんですけど、こっちをちらっとも見ませんでしたよ。気色悪いったらね……」

女は苦いものを噛んだような顔で、ぺろりと下唇を舐《な》めた。

「身じろぎもしないで掛け軸から目を離さない奥さまの相手をするのもなんですから、あたしは縁側で外を見てたんです。そうこうしていたら、いきなり『わーっ！』だとか『ぎゃー』だとか、よくわからない声を出した奥さまがそのお茶をいきなり掛け軸にかけたんですよ」

白い手をぱっと動かして、女は水を撒く仕草をする。

（すげぇな）

知的な本妻が青筋を立てて掛け軸に挑む姿を慧海は思い浮かべてしまう。

「何するんですか！　ってあたしもつい言っちゃったんですよ。だって酷いでしょう？」

（そりゃまあそうです）

聞こえるわけもないが慧海は同意する。

「そうしたらね。この絵を描かせたのはうちの主人ですよね？　だったら私のものじゃないですか？　どうしようと私の自由でしょう。私は正妻なんですから――って言うんですよ」

（それは違うな、きっと。明治の法律でもたぶんそれはない）

所有権について慧海が思い巡らせている間に女は先を続ける。

「あたしもかっと来て、そんなに羨ましいなら奥さまも絵姿に仕立ててもらえばいいじゃないですかって言い返しましたよ」

（強い……というか、お互いに相手が一番言われたくないことを言い合ったんだな。容赦なさ過ぎる）

霊体として残ってしまうほどの人の業が垣間見えて、慧海は夢の中で息が詰まりそうになる。

「そのあと、ご近所の方が止めに入るほどすったもんだがありましたよ。みんなに諭されて、ようやく奥さんが帰ってくれたんですけどね。どうせ止めに入るんならさっさとしてくれりゃいいのに、高みの見物。あたしが本当に困ってるって言うのに、さんざん楽しんでからようやくですよ。人っていうのは自分に関係がなければ、争い事が楽しいんですよ。世間なんて残酷なもんですよ、慧海先生」

歯切れのいい口調だが話の中身は凄まじく、この女性が越えてきた修羅場の数がわかる。

「でもね、もっと怖いのはその先なんですけどね。奥さまが帰ったあと、ああ、喉が渇いたって自分の席に置いてあったお茶をひと思いに飲んだら――」

眠っていても緊張でごくっと喉が鳴る。

その先を聞きたいような聞きたくないような気持ちで、慧海は金縛りになりかけている指先を動かした。

「一服盛られたんですねぇ。喉は焼けつくわ、心臓は破れそうに激しく打つわで、さすがのあたしも、ああ死ぬんだなって思ったわけですよ」

そのときのことを思い出すように、彼女の顔が歪み、喉元に手があてられた。

「悔しい、悔しい――こんなんで死ねるかって、思うでしょう？　そのときに頭を過《よ》ぎったのが芸者勤めのときに流行った話。櫛でも簪《かんざし》でも願いを込めれば、そこに魂が残るっていう話ですよ。好いた男に渡す櫛や簪に魂を入れるんですよ」

(それはありそうな話だ)

「でね。絶対この世に残ってやる。残って同じ目に遭わせてやるって思って、あの女がお茶をかけた掛け軸を摑んだんですよね」

(なるほど……それでぐちゃぐちゃになったのか……源治郎さん、さすがです)

源治郎が見事に真相を解き明かしていたことに慧海は感心する。

「上手いこと絵の中に魂は残ったんだけど、今度はそこから出られなくなってしまったんですよ」

滑らかな額に皺を寄せて女はため息をついた。

「最初はね、あたしを殺した奥さまを同じ地獄に引きずり込んでやるって一念だったんですよ。でもね、これは違うなって気がついたんですよ」

(改心したのか？　でも改心したなら成仏するよな)

慧海の疑問に答えるように女は続ける。

「あたしが不味いことになったって駆けつけてきた旦那がね、妾が本妻に殺されたなんてことが世間に知れたら店が傾くと言って、あたしを病死ってことにしたんですよ。医者にたっぷり袖の下を弾んでね」

(そんな適当でいいのか？　明治って結構近代的だって習った気がするけど、そんな不審死を誤魔化すってありなのか？)

常識が揺らぐがなんと言っても夢の中なので、深くは考えられない。

「旦那は不憫《ふびん》なことになったと一応泣いてはくれましたけどね、……でも、北枕で寝かされたあたしに向かってなんて言ったと思います？」

(わかりません)

「おまえが掛け軸なんて自慢するから悪いんだ……分を弁えて妻をもてなしておけばこんなことにならなかったのに……おまえの軽率さがこんなことを引き起こしたんだよ……って。あたしが死んで聞こえないと思って言いたい放題」

(それは……責任転嫁というやつです。あなたのお相手だった方ですが、それは相当なダ

メ男です）

恋愛経験がほとんどない慧海だってそれくらいはわかる。

「そうやってもう死んじゃってどうしようもないあたしには説教したくせに、奥さんに向かっては、仕方なかったんだ、仕方なかったんだ。これも男の甲斐性だったんだよって言い訳ばっかりしてましたよ」

女が冷えた笑いを浮かべる。

「あたし、そのときようやくわかったんですよ。恨むのは奥さまじゃなくて、この男だってね」

（それはそうですが、奥さんも別の意味でいけないと思いますよ）

控えめに慧海は突っ込むが女は自分の考えに酔ったように話し続ける。

「最初は旦那をどうにかしようと思ったけど、掛け軸から出られないじゃないですか？だから掛け軸を手にしてくれたいろんな人に頼んだんです。喉が潰れて上手く声が出せなかったんですけど、一生懸命言いましたよ。出してくださいって――」

女は手を合わせて拝む仕草をした。

「なのに全然誰も聞いてくれなくて、とうとう蔵に入れられてしまったってわけなんです。芸者をしている頃はちょっと頼めば聞いてくれる男衆がいくらでもいたのにこんな姿になった途端見向きもされなくて。人情って紙のように薄いって言いますけど、本当ですよ。あっという間になくなるもんなんですね」

（いや、普通はそうなるよな。夢の中で知らない人にいきなり頼まれても、怖いしわけわからないし、血みどろじゃなくても霊体だったら不気味だよな。人情がないというのとは少し違う）

自分が霊体という自覚がない女の悲しさを慧海はしみじみと感じる。

「だから思ったんです。もうこの世の男なんて最低だ、もしも、もしも外に出ることができたらこの世の男全部を呪ってやるってね」

（嘘！　俺、もしかしてやばいことしたか!?）

たぶん夢の中で唸ったのだろう。慧海は呻《うめ》いた自分の声が聞こえた気がした。

「でもねえ……慧海先生のお母さんを見たら、その気が失せましたよ」

袂《たもと》を摘んで口元にあてて、女は目を潤ませた。

「住職さんのお内儀《かみ》さんでしょう？　あたしから見たら堅気《かたぎ》なわけですよ」

（堅気……って、いうのかな？　ゲームもやるし、爆発したらすごいし、仏の教えを適当に解釈して平気だし……堅気に見えても中身はそこそこ違うと思う……）

霊体に賞賛されるような清廉潔白ではないと慧海は内心で反論する。

「あたしとは全然違う立場なのに、あたしの生き方を馬鹿にしないで、理解していたわってくれた……南無阿弥陀仏まで唱えてくれてさ……旦那は陰でさえあたしに念仏を唱えてくれることもなかったですからね……本当にありがたかった」

袂ですんと鼻を押さえて女は微笑んだ。

「だからね、この母親に育てられた慧海先生もきっとあたしを心から可哀想だって同情して、掛け軸から出してくれたんだって思えたんですよ」

(そうです、そうです。マジそうです)

慧海は夢の中で激しく同意する。

「そういうわけなので、あたし、これからご恩返ししますね、慧海先生」

(え、成仏するんじゃないの？　だいたい霊体のしてくれる恩返しってなんだ⁉)

「い、要らない。恩返し要らない――要りません！」

とうとう声に出して慧海は呻く。

「遠慮しないでください。きっとお役に立ちますよ。あたしは降る〝雪〟に乃《すなわ》ちの〝乃〟と書いて雪乃《ゆきの》って言います。お見知りおきくださいな」

「やめてくれ！　お見知りおきしたくな――」

浅い眠りを突き破って自分が上げた声に覚醒した慧海は飛び起きた。

暗闇の中、目の前に確かにあの掛け軸の女が浮かんで慧海を見下ろしていた。

「あ……本当に掛け軸から出ちゃった……よ」

呆然と呟く慧海に、婀娜っぽく笑った雪乃は、形の整った下半身をくねらせてふわりと頭を下げた。

柴門が並べた缶ビールを前にして慧海は夢の一件をつぶさに語る。

「良かったじゃないか」

慧海のながながとした愚痴に相づちを打ちながら聞き終わった柴門は、開口一番そう言った。

「何がいいんだよ。全然良くない」

「でも、あの霊体……その雪乃さんとやらを助けられたんだから、目的は達したってことじゃないか」

「俺は成仏してほしかったんだよ。別に恩返ししてほしいわけじゃない」

「でも、霊体の恩返しってなんなんだろうね？」

「知るかよ。だいたい掛け軸をきれいにしろって言ったのはおまえなんだから、おまえのところに恩返しに行くように言うか」

「遠慮するよ」

ぼやく慧海に対して柴門が爽やかに断る。

「だってせっかく来てもらっても、僕には全然わからないからね。無駄足を踏ませるのは悪い」

「掛け軸を抱いて寝れば、夢で会えるぞ」

「寝づらそうだね……これ、美味しいよ、最近はまってるんだ」

慧海の嫌みなどまったく堪えることなく、柴門は持参したつまみの干し梅を勧めた。

「だけど、今度の霊体は言葉が通じるんだね」

「夢の中だけみたいだけど、聞こえるっていうのかな……とにかく何を話しているかわかる……こう言っちゃなんだけど、霊体になっても女性というのはよく話す」

　尋ねてもいない身の上話をしていた雪乃を思い出しながら慧海は言った。

「源治郎さんとは話せないのは、男女の違いなのか……それとも霊体としてのキャリアの違いなのかな？　源治郎さんもあと五十年ぐらい霊体として経験を積めば、そういう技が身につくのかもね。そうなれば霊体が見える慧海にも何かいいことがあるんじゃない？」

「全然、そんなの必要ないから。霊体がそんな九尾の狐みたいになってどうすんだよ。俺はその前に成仏してほしいんだ。なのに成仏どころか、源治郎さんったらまだまだ現役みたいなんだよな」

　今朝ふらふらとしていた源治郎の前に雪乃が現れたときのことを思い返して、慧海は改めてムッとする。

「現役？　なんのこと？」

「今朝、源治郎さんが出てきてたんだ。それはまあいつものことだからって大目に見てたんだけど、そこへ雪乃さんがふわふわと漂ってきたんだよ。掛け軸は俺の部屋にちゃんと保管してあるんだけど、あの人、その気になれば部屋から出られるみたいなんだよね。掛け軸から出られるようになったのはわかるんだけど、開けてもいない襖からどうして出られるのかな？」

「微かな隙間からとか……かな……」

柴門が首を傾げる。

「まあな、古い家だからそれはあると思う。でも、やっぱり妙なところが熟練してる感じはあるぞ」

「やっぱり霊も霊として長生きすると、いろいろなことができるようになるのかもしれないね。霊も僧侶も修行なんだね」

本気で感心した口調で柴門は言う。

「悪いけど、一緒にされたくない。とにかく霊体が二人、寺の境内を漂ってるなんて洒落にならないから、雪乃さんに掛け軸のある俺の部屋へ帰るようにお願いしようと思ったんだよ。なのにその前に源治郎さんが彼女に気づいちゃってさ——すっぱ……」

いらついた慧海は干し梅を噛みしめて、顔をしかめた。

「うん、気づいて、どうした？」

「真っ赤になったんだよ！　真っ赤。霊体なのに頬を染めたんだよ！」

思い出しても霊体が頬を染める姿はどうしても受け容れがたい。だが柴門は面白そうな顔をした。

「一目惚れ？」

「らしい。雪乃さんって元芸者さんらしくて、すごい垢抜けた美人だ。掛け軸の絵よりきれいだし、仕草もいちいち色っぽいんだ」

むかつきながらそう説明する慧海に、柴門が笑いを堪えるように口元を引きつらせた。

「何がおかしいんだよ？」

「だって、君、誰だって恋をするよ。生まれたときから亡くなるときまで、人は誰かを、人ではなくても何かを好きになるんだと僕は思う。まして源治郎さんは霊体とはいえ、未だに現世で暮らしている。誰かを好きになるなんて普通のことじゃないのかな」

「……親父もそう言ったけど……」

源治郎が雪乃にのぼせたことをぼやいたら、父は「良かったな。源治郎さんも少しは寂しくなくなるだろう」と何故か嬉しそうだった。

「親父はいつもいい加減なこと言うんだけど……そんなもんなのか？」

「そうだと思うよ。僕の会社には八十代の人も結婚相手を探しに来るよ。確かに最初はびっくりしたけど。話しているうちにわかった。人は愛したいし、愛されたい生きものなんだってね」

飾り気のない柴門の言葉は慧海の胸に素直に伝わってくる。

「……そうか……そうなのか……」

（人を好きになるのに年齢なんて関係ないっていうのはあったけど……霊体だって心があればそうなのかも。だから源治郎さんは未だに成仏できないのか？　誰かを愛したいとか、愛し足りないとかなのか？　心の狭い俺には理解できないってことなのか？）

考え込んだ慧海の気持ちを引き立てるように柴門が柔らかく言う。

「で、その雪乃さんという霊体のこと、お母さんにはなんて？」

「ああ、おふくろには成仏したって言ってある。二人も僧侶がいるのに、成仏させられなかったら怒られるからな」

冗談めかして言う慧海に、柴門が「そうだね」と短く言う。

おそらく彼は、慧海の胸の内も、父の思いも気づいているに違いない。そして、何も言わないことが彼の優しさなのだろう。

「掛け軸はどうするの？　本山に持っていくのかい？」

「いや、無理だな」

新しくビールの缶を開けながら慧海は首を横に振る。

「源治郎さんの居場所が納骨堂っていうのと同じく、おそらく雪乃さんの居場所はあの掛け軸だ。掛け軸をお焚き上げしたら、居場所がなくなる」

「そういうものなのか？」

「雪乃さん自身が掛け軸に魂を残したって言ってるから、間違いないだろう」

「そうか。それにしても　今度の霊体は会話ができて楽しそうだな。僕も話してみたい。今度通訳してよ」

「だから、掛け軸と寝ればいいんだよ！　なんで親父も柴門も面倒なことは俺に押しつけるんだよ！　美味しいとこばっかり狙ってきて、罰が当たるぞ！」

ビールを手にすごむ慧海に、柴門が「ごめんねぇ」と酔った振りで笑う。

「ちくしょう……俺ばっかり俺ばっかり苦労して……」

「苦労じゃなくて修行だよ、慧海。ほら飲んでいいから」

調子よく酒を勧められて痛飲した慧海は、そのまま畳に大の字にひっくり返った。

「……慧海……ごめん。でも君はとても立派なお坊さまになると、僕は本気で思っているから……」

手近の上着をかけてくれた柴門のその声は、慧海にはもう聞こえていなかった。


翌朝、珍しくアルコールが残る頭を振りながらも、いつもの袈裟に着替えて仕事モードに入った慧海は掛け軸を手に、松恩院の物置に向かう。

「どうした？　慧海」

相変わらずスウェットでラジオ体操をしていた父が慧海を呼び止める。

「物置にこの掛け軸をしまいます。成仏していないのに、お焚き上げはできないでしょう。雪乃さんが成仏するまで寺で預かるしかありません」

「そうだな」

手にした掛け軸を示す慧海に父が頷く。

「心配するな。慧海。雪乃さんもやがては成仏する」

「そうでしょうか？　源治郎さんも未だに現世におられますし……読経が全然役に立ってないってことですよね。お母さんの言うとおり、ぬるいお経なんでしょうね」

「そんなことはないさ」

父はすぐに否定した。

「雪乃さんの話を聞いてやるのも、たぶん経を唱えるのと同じように意味があると思うぞ」

「そうなんですか？」

疑いを全身で顕わにする慧海に、父が「そうだ」となんの迷いもなく言う。

「どんな話であろうと、その人が語りたい話は、その人にとっては意味がある。霊体であろうと同じだ。雪乃さんが語る話は、痴話喧嘩《ちわげんか》であろうと、自慢話であろうと、雪乃さんにとれば大切なことだ。おまえは黙って聞いてやればいい。誰かが耳を傾けてくれる、それが慰めになるんだ」

「……はい……心します」

今はまだ父の言うことがよくわからないまま、慧海は物置へと向かう。

「焦るな慧海」

背中にかけられた凜とした声に振り向くと父が手を合わせる。

「つらい最期だったんだ。しばらくこの世を満喫して、満足すればきっと成仏するだろう。私たちは心静かにそれを待てばいい」

根拠はないが、父の言葉には住職らしい重みがあった。

思わず慧海も、掛け軸を脇に挟んで合掌を返した。

だが姿勢を戻したとき、宙に浮かびながら楽しげに振る舞う源治郎と雪乃の姿が視界に飛び込んでくる。

（あ……朝から……いちゃいちゃしてる……）

笑い声さえ聞こえそうな二人の様子から慧海は視線を逸らせ、苦労ばかり背負い込むこの能力が消えてくれないものかと、心から願った。

源治郎さんにも秘密がある

1

台風で舞い込んだ枝葉やゴミを、慧海はせっせと竹箒で掻き寄せる。

(夏の何がつらいって、暑いってことだけど、こんなに早く落ち葉になるっていうのは、もっと悲しいよな……永遠に新米のまま掃除ばかりする僧侶みたいなものだ)

昨夜の強風で落ちた枝葉と我が身を重ね合わせて、慧海は感傷的な気分になる。

台風が過ぎ去った空は抜けるように青く、空気は澄みきって心が洗われるようだ——ただし、そこに源治郎がふわふわと漂っていなければだ。

(……また納骨堂の扉が開いていたのか……扉が開いてると源治郎さんが出てきちゃうんだって言ってるのにさ)

頼んでも怒っても父は、朝の掃除のあと納骨堂の扉を閉め忘れる。あまりに改善されないので、最近はわざとではないかと多少疑っている。

(俺を困らせたいのか、源治郎さんを外に出してやりたいのか……どっちかだな……)

問い詰めてもどうせのらりくらりとかわされるのはわかっているので、慧海は諦めて現実を受け容れる。

「源治郎さん、朝から元気ですね。この暑いのに」

楽しそうに晴れた空を舞う源治郎に慧海は呟く。

「いったい、いつになったら成仏していただけるんでしょうか……。僕のお経で駄目なら毎朝の読経を住職にお願いしますけど……南無阿弥陀仏南無阿弥陀仏」

自分の経に何かの効果があるとは到底思えなくなっているが、とりあえず慧海は南無阿弥陀仏を唱える。毎回念仏を唱えていれば、そのご利益が蓄積されて、いつかは役に立つかもしれない。

（念仏ってお百度参りみたいなもんだよ。塵も積もればってやつだよきっと。念仏チリツモ作戦だ）

「そういうわけですので、源治郎さん。僕がきっと源治郎さんを成仏させてみせますから……南無阿弥陀仏……南無阿弥陀仏……」

「何をぶつぶつ言ってるんだ？」

いきなりかけられた背後からの声に、慧海はぎょっとして振り返った。

「柴門か――こんな朝早くにどうしたんだ？」

よほどのことがない限り仕事帰りにしか顔を出さない彼が、休日の早朝に訪れたことに正直に慧海は驚く。

「仕事中に急に来てすまない。これを持ってきたんだ」

大きめのTシャツをラフに着ただけの柴門は手にしていた紙袋を差し出した。

「なんだ？」

受け取って中を覗くと物々しげな桐の箱が入っている。

「お客さんにたくさんもらって、会社のスタッフにも分けたんだけど捌きれない。もったいないから食べてもらえるとありがたい」

「……もしかして、羊羹？」

「そうだよ。和菓子作りの職人さんなんだ」

「……なるほど……」

慧海は羊羹の箱をじっと見て考え込む。

「どうかした？　羊羹にアレルギーがあるんだっけ？」

「いや――アレルギーはないが、ここのところ羊羹とは相性が良くない」

老舗の羊羹に釣られたばかりに一騒動あった掛け軸の件を慧海は思い出す。

「だが、せっかく持ってきてくれたのだから、ありがたくいただく。おふくろが好きだ」

慧海は紙袋を手にして柴門に頭を下げた。

「良かった。押しつけるみたいになったらすまない」

ほっとしたような柴門に慧海の胸が微かに疼く。

本来ならさほど遠くない自分の実家に、顔を出すついでに持っていこうと考えるほうが自然だろう。母親だって仕事にかこつけて家を離れた息子が、羊羹を手に顔を見せれば喜ぶはずだ。

けれどそれができない彼の気持ちがわかるだけに、慧海は何も言えない。

「急いでなければ冷たいものでも飲んでいけば？　暑いだろう？」

柴門の心に踏み込むことなく慧海は言ったが、柴門は首を横に振った。

「仕事中は邪魔しない。君が僧侶の格好をしているときは、友人ではないからね」

「そんなたいしたもんじゃないけどな。源治郎さんなんて俺が何をしていようと、どこにいようとお構いなしだぞ」

「いるの？」

「飛んでるよ」

慧海の視線を追って柴門も空を見あげた。

「こんな天気だと気持ちがいいんだろうね」

慧海の視線を追った柴門が言う。

「そう見えるけど……それにしても源治郎さんはどうして成仏しないいんだろうな。結構幸せそうだし、雪乃さんみたいにこの世に恨みがあるふうでもない。いったいどういう理由で現世に残ってるんだろうなって本気で思う」

「そうだね。君の話を聞いている限りは誰かを恨んでいるようには思えない。なんだろう。お孫さんの将来を見届けたいとかそんな感じかな？」

さすがの柴門もあやふやな顔で首を捻る。

「その程度の思いじゃないと思うんだ」

慧海は口調に力を込める。

「肉体が消えるってことは、そこで一応いろんなものがすべてそのときに昇華するはずなんだ。苦しみとか悩みとか、煩わしいこととか……。実際、霊体として見えてもそれは僅かな期間で、すごくうっすらしていることが多いし、やがてふわーっと消えていくのが普通なんだ。それが摂理なんだと思う」

何度か見たそのときの様子を思い浮かべながら慧海は言った。

迷うようにこの世に残った霊体が、まるで霧が晴れるように消えていくさまは、美しいと思う。あの瞬間、おそらく人は現世における喜怒哀楽のすべてのことから解放されていくのだろう。それが浄土での幸せというものだと慧海は感じている。

「だからこそ、現世に残るには何か強い理由がいるはずだ。成仏したい気持ちを阻む、魂の体力みたいなものが強くないと無理だと思うんだ」

「魂の体力か……」

「ああ、肉体っていう入れ物がないのにこの世で生きるんだ。相当強い魂のはずだ。もっとも、『魂』というと宗派の教えに背くから本当はあまり言えない。だからこれはオフレコだぞ。本山から叱られる」

最後は冗談に紛らわせるようにして慧海は雰囲気を和らげた。

「なるほどね。じゃあ他に重大な理由があるんだろうか？　いずれにしても、特に松恩院に迷惑をかけているわけではないみたいだからいいとは思うけど」

「俺は正直困ってるぞ」

一応慧海はその点は主張する。

「父は柴門と同じ意見だ。気にしなくてもいい、そのうち成仏するって言うけど気になるよ。やっぱり僧侶としては、きちんと成仏してほしいと思うんだ。そのほうがきっと霊体にも幸せなはずだ。毎朝お勤めしてるのに、俺のお経がさっぱり役に立たないみたいでさ。自信なくなる。このまま一生境内の掃除だけしていようかと思うよ」

竹箒を抱えて、半分本気でぼやいた。

「そんなことは絶対にない。いつも慧海が気にかけているからむしろ居心地がいいはずだよ。肉体が消えても誰かが覚えてくれていたり、かまってくれたりするのは幸せなことだと、僕は思うよ」

きっぱりした調子で柴門は言った。

「僕も何かあったらここに住んで、慧海にかまってもらう。そのほうが成仏するより幸せそうだ」

「くだらないこと言うな。むしろおまえがかわいい家族と一緒に、独り身を貫く俺の墓参りに来い」

家族というものに上手く入り込めない柴門の言葉にどきっとした慧海は強い口調で言い返す。

「どうかな」

柴門の顔に僅かな翳《かげ》りが浮かぶ。

「どうかな、じゃない！　俺は源治郎さんと雪乃さんで手一杯だ。おまえの面倒なんか見られないからな！」

陽気で茶目っ気のある友人が、未だに心の中には棘を抱えているのか不安になった慧海は思わず大きな声を出した。

「わかってますよ、慧海先生。——邪魔して悪かった。じゃあ、今日はこれで」

いつもの顔に戻った柴門は、踵《きびす》を返して正門を出て行く。

「柴門！　ありがとう！　ご馳走になるよ」

背中からかけた声に振り返った友人の笑顔にほっとして、慧海は紙袋を軽く振った。

2

夏は早朝でも暑い。日本から四季は奪われ、熱帯になりかけているのだろうか。

（そのうち日本全国、温室なしでマンゴーとかパパイアとか実りそうだな）

あまりの暑さに、自主的に熱中症注意報を発令した慧海は、事務室で書類の整理に手をつける。

（冷房代がすごいな。寒くなればなったで暖房費がかかるけど、法要なんかがあるとき以外は、納骨堂に暖房入れない方式でいくか）

父が早朝に納骨堂の掃除をすることを慧海は頭から追い出す。

（動いているうちに温かくなるに違いない）

父の健康も大事だが、寺の経営も大切だからと慧海は己に言い聞かせ、来たるべき秋冬の光熱費の節約を誓う。

「あの――すみません」

声と一緒に事務室の扉が少しだけ開いた。

顔を上げると、見たことのない女性がすまなそうに顔を覗かせていた。

「はい、何かご用ですか？」

立ち上がって戸口へ向かった慧海は、扉を大きく開けた。

「こちらの、松恩院のお坊さまですか？」

半袈裟を着た慧海に彼女はきびきびした調子ながら丁寧に尋ねる。

ふんわりとパーマをかけた髪と、薄いオレンジ色の口紅の化粧がシックで、三十代半ばぐらいだろうかと慧海は推し量る。大きな目の光が強く利発さを感じさせた。

「そうです。佐久間慧海と言います」

何か目的がありそうな女性に、怪しい者ではないという証拠に慧海は自分から名乗った。

(この格好で寺の事務室にいて、ここの僧侶じゃなかったらびっくりだけどな)

内心ひとりで突っ込む慧海に彼女は安心したような顔になった。

「ここのお寺にお墓……って言うんでしょうか？　……あると聞いてきたのですが」

「はい。納骨堂のことですね。ございます」

まさか納骨壇の購入希望ではないだろうと思いつつもにこやかに答える。

「あ、それです。納骨堂。そこにお参りにきたのですが……場所がわからなくて」

「どうぞこちらです」

事務室から出た慧海は、彼女を案内して地下の納骨堂へと向かった。

「どちらのお家の方のお参りでしょうか？」

「あ——はい」

女性は肩にかけた大振りのバッグから手帳を取り出して、メモを読み上げた。

「佐藤源治郎さん——という方です」

（えーっ！）

内心の声を表に出さなかったのはひとえに仕事中という自覚があったからだが、頭の中では声が溢れ出る。

（源治郎さんのお参りに親戚以外の女性が来たのは初めてだ。あ、いや、陽向くんのガールフレンドの早紀ちゃんは来たけど、あれは墓参りっていうよりデートみたいなもんだし……誰だろう？）

別に誰が来ようといいのだし、慧海が関知するところではないのだが、なんと言っても源治郎のことだ。気になってしまう。

もしかしたら成仏しない理由をこの女性が知っているかもしれないと希望的な想像が迸《ほとばし》りかける。

「こちらです。どうぞごゆっくりお参りください」

佐藤家の納骨壇を開けて、慧海は女性を促した。

まさかじっと見ているわけにもいかず、さりげなく側を離れたものの、納骨堂を見回る振りで慧海は彼女の様子を窺った。

納骨壇内の本尊の絵像をしばらく見てから彼女が手を合わせたとき、扉を開けた納骨壇からふわりと透けた人が飛び出てきた。

（源治郎さん！）

すうっと姿を現した霊体に慧海は焦るが、女性は気づくことなく静かに目を閉じる。

（そりゃそうだ。見えたら困るけどさ。とはいえ、帰ってくださいよ！）

視線に力を込めて見あげると、源治郎が驚愕《きょうがく》の表情で、手を合わせる女性を見て固まっていた。

（知り合い？　そりゃそうか。知ってるからお参りに来たんだもんな。でもなんだかびっくりしてるみたいだけど）

時が止まったように静止していた源治郎は、慧海の視線に気づいて一瞬目を合わせてきたものの、シュッと音が聞こえそうな勢いで納骨壇へと戻っていった。

（……源治郎さん……どうしたんだ？）

いつもは頼んでもなかなか帰ってくれない源治郎の素早い動きに慧海は目を見張った。

目を閉じて熱心に拝む女性から距離を取りながら慧海はあれこれ考える。

（遠戚かな？　でもそれなら源治郎さんがあんなに驚くはずはないしな）

霊体らしくいつもふわふわと風に漂う源治郎が硬直していた姿を思い浮かべた。

(昔、源治郎さんに迷惑をかけた人が詫びにきたとか？　いや、それなら源治郎さんはむしろ喜ぶよな……わからんな)

ぴったりした答えが見つからないままに納骨堂内をふらつく慧海の背中から、声がかかった。

「あの、お坊さま。お参りがすみました。ありがとうございます」

「ご苦労様でございます」

一呼吸置いて僧侶の顔に戻った慧海は、振り返って頭を下げた。

「あの……差し出がましいようですが、佐藤源治郎さんはどういうご関係ですか？」

詮索は良くないが聞かずにはいられない。

(親父だって、さりげなく日常の悩みを聞いてこそ一人前って言っていたもんな。そこは見習うべきだろう)

以前に言われた戯れ言のような説教を思い出して、慧海は探りを入れた。

「どういう……関係と言ったらいいのでしょうか……私の祖母が知り合いだったようなのですが」

眉間に皺を寄せながら彼女は迷う口調で言った。

「……そうですか、それはわざわざ……」

どうやら彼女自身は源治郎とは直接の知り合いではないらしい。

では何故、彼女を見て源治郎はあれほど驚いたのか。

（源治郎さんがあなたを見てびっくりしてましたけど、どうしてでしょうか？　なんて聞けるわけないしな）

父のようにどうでもいい会話をしつつ、ほしい情報をいつのまにか引き出すなど慧海には到底できない芸当だ。

（あのいい加減さに到達するにはあと三十年ぐらいはかかるな）

諦めて引き下がろうとする慧海を彼女が呼び止めた。

「あの……佐藤源治郎さんというのはどういう方でしたか？」

何を聞きたいのかと迷う慧海に、彼女が軽く頭を上げる。

「不躾《ぶしつけ》ですみません。祖母が懇意にしていた方のようなので、どんな方だったのかと思いまして。私の母も知らない方なのです――あ、私、まだ名乗ってないですね。すみません」

名乗らずにあれこれ尋ねることの失礼さに気づいたらしく彼女は早口になった。

「私、白岩愛梨沙《しろいわありさ》と言います。怪しいものではなくて、こちらに勤めております――」

バッグを探り、都内にある大手電機メーカーの社章が入った名刺を差し出す。会話の途中で軽く目を張る仕草が印象的で、澄んだ眼差しに嘘がないのを感じさせる。

「白岩愛梨沙さん、はい、確かに」

自分でもおかしな言い方だなと思いながらも、慧海は名刺を手に確認したことを口にする。

「お母さまも佐藤さんのことをご存じないとすると、お祖母さまに頼まれてこちらへいらっしゃったのですか？」

「いえ……祖母はもうとうに他界しています」

「では、生前のご依頼でしょうか？」

「あ……いいえ」

彼女は少し気まずそうな顔になった。

「実は最近、母が断捨離にはまって掃除をしていたんですが、そのときに祖母宛の手紙を見つけたんです。そのままお焚き上げにでも出そうかという話になったのですが、母がやはり懐かしがって読んでしまったものですから……」

「そうだったんですか」

なんでもない顔で頷きながらも慧海はそれは不味かったと思う。

だいたい故人の遺言や文書は、目的を持って書き置かれたもの以外は、故人の遺志がわからない限り、無闇に読んではならないと慧海は考えている。ほじくり返されたくないもののもあれば、ほじくらないほうがいいものもたくさんある。幸せだった記憶を、残されたものの手で変える必要などないだろう。

月並みな言い草だが、思い出はときとして残酷だというのが、新米僧侶としての意見だ。もっとも父なら、「ドロドロしていてこその人」と言うのだろうけれど。

「佐藤さんのご子息のお話だと、とても明るくて楽しい方だったそうです。白岩さんにお参りしていただけたことを、お喜びになると思います。おいでいただけて何よりでした」

もちろん自分の意見などは差し控え、慧海はそう言った。

「お疲れさまでございました。気をつけてお帰りください」

そう促したが、愛梨沙はまだ何か言いたいことがあるようで帰らない。

「何か？」

「……あの、佐藤さんのご子息にお会いしたいのですが、紹介していただけませんか？」

「……佐藤さんのご家族のことをご存じなのですか？　お祖母さまがお会いになりたいとでも書き残されていらっしゃったのですか？」

祖母がすでに他界しているのに、今さら何故直接会ったこともない源治郎の家族に会いたいと言うのかが、慧海には理解できない。

「……そうではないのですが……でも……祖母がお会いしたかったのではないかと思うので……」

歯切れは悪かったが、悪気は少しも感じられない。それでもそう簡単に引き受けられる頼みではなかった。

（この女性のお祖母さんと源治郎《ぼさん》さんの関係もきちんとわからないのに、そんなことできるわけないだろう。松恩院は墓参オフ会の場所じゃないぞ）

真剣な眼差しで慧海を見ている愛梨沙が何か企んでいるとは思えないが、無闇に個人情報を教えるようなことは松恩院の信頼に関わる問題だ。

(……いったいそのお祖母さんとどういう関係なんだ？　源治郎さん。まさか……隠し子とか愛人？　いやいや、あの源治郎さんだぞ。それはないな)

自分の思いつきを自分で真っ向から否定する。

(……もっとも人は見かけによらないかもな……)

愛梨沙を見て硬直していた源治郎の姿を思い出してみれば、慧海の想像を超えることがあるのかもしれない。

(でもだからと言って、俺がぺらぺらしゃべるわけにはいかないって)

「申し訳ありませんが、檀家さんのことは、私の判断でお教えできないんですよ」

「そうですか……」

残念そうに俯いたものの、愛梨沙はすぐに顔を上げた。

「では、私の連絡先と祖母の名前を書いてお渡しします。私が会いたがっていると、佐藤源治郎さんの息子さんに伝えてください」

きっぱりとそう言うと、慧海が止めるより先にメモ帳に必要なことを書き付けて、一枚破って差し出す。

「ご連絡をお待ちしていますので、どうぞよろしくお願いします」

断る機会を逸した慧海に、メモ紙を押しつけると愛梨沙は一礼して納骨堂を出て行った。

「……ちょっと……どうすんだ？　これ……白岩美園《みその》、ってこの人が源治郎さんの直接の知り合いなのか」

　女性らしい丸みを帯びた文字で書かれた白岩愛梨沙の住所と名前のメモを手に、慧海は困惑する。

「まいったな……源治郎さん、いませんか？」

　あたりを見回して、声をかけてみたが、なんの反応もなかった。


　事務所の机に座った慧海は白岩愛梨沙のメモを手に考え込む。

　向かい側に座る父は、書類を読む振りをしてうたた寝をしている。

(源治郎さんの元カノって感じかなあ……)

　そう考えてはみるものの、源治郎が妻以外の相手と恋をしたというイメージが湧かない。だが雪乃と楽しげにしているぐらいだから、女性好きという一面はあるのかもしれない。

(偏見なのはわかってるんだけど、お孫さんが訪ねてくるほどの関係の女性がいたっていうのがなあ、なんとも受け容れがたいんだよ)

「住職、源治郎さんって奥さんと仲が良かったんですよね？」

「……は？　なんだ、急に？」

　涎《よだれ》を吸い込むように口を閉じて、父は顔を上げた。

「ここだけの話、今は夫婦で同じお墓に入りたくない人も多いじゃないですか。でも源治郎さんのところは、ご一緒ですよね」

「そうだ。おまえも知ってるだろう？　源治郎さんがお亡くなりになったときに、息子の俊夫《としお》さんがうちの納骨壇を選んでくれて、そのときに、奥さんの品子《しなこ》さんの遺骨も一緒に松恩院でお預かりすることになったんだ」

「先にお亡くなりになった奥さんの遺骨は、ご自宅にあったんですよね。それって源治郎さんの希望だったんですか？　息子さんからそのあたりのことを詳しく聞いてますか？」

「まあ、父の希望でしたとは言っていたぞ。今は手元供養する人も多いし、こちらがあれこれ言う筋合いでもないから、深くは聞いていないけどな。いつでもお参りができて、僧侶への布施も節約できるというのも、案外大きな理由だと思う。私たちには厳しいが、これも世の流れ」

　世知辛いことを言って父は手を合わせた。

「だが仕事も忙しくて、手元供養もおろそかになりがちだからと、俊夫さんが松恩院に決めてくれたというわけだ。これもまた御仏のありがたい思し召しだな」

　また父は手を合わせて、口の中で何かを唱えた。

「奥さんの遺骨を側に置いていたとすれば、仲は良かったんですよね……」

「普通はな。愛情がないのを隠したいからあえてそうするという場合もあるがな」

「何を怖いこと言うんですか。……でも奥さんと同じ墓にいて他の霊体と仲良くするぐらいだから……そうなんでしょうか？」

　こわごわと聞く慧海に、父が声を出して笑う。

「おまえ、全然わかってないな。源治郎さんが雪乃さんと過ごす時間はちょっとしたプレゼントみたいなものだ。なくても仕方がないけれど、あれば嬉しいものってあるだろう？雪乃さんとの出会いはそういうものだ」

「お言葉ですが、源治郎さんの人生は終わっています」

「でも現世に気持ちは残っているんだろう？　だったら源治郎さんの中で人生はまだ続いてるんだよ」

父は当たり前のように言う。

「だから、源治郎さんには我々と同じように適度な気晴らしが必要なんだ。気の合う友人と飲むとか、好みの相手と話すとかな。それは奥さんが好きか嫌いかとは関係のないことだ。雪乃さんにとっても同じことだと思うぞ」

「……そうかもしれません」

柴門とくだらない話をしていると、楽しいというよりほっとする。あれは確かに自分の人生には必要な気晴らしだと慧海も思う。雪乃だって、念仏も唱えてくれなかった旦那より、愛想がいい源治郎といるほうが心休まるのだろう。

「なんで源治郎さんの夫婦仲がそんなに気になるんだ、慧海」

「あ……これなんですけどね。住職」

慧海は白岩愛梨沙が置いていったメモを見せる。

「うん？　なんだ？」

最近小さい文字が読みづらいとこぼす父がメモを凝視する。

「実はこの間、源治郎さんのところにお参りにいらっしゃった方から渡されたものなんですけどね……」

メモを見る父に慧海は三日前に源治郎の墓参りに来た女性のことと、彼女の頼みをかいつまんで話した。

「なるほど。要するにこの人が、源治郎さんの息子さんを紹介してほしいと頼んでいったのか……白岩愛梨沙さん、美園さんね……」

「聞いたことがありますか？」

思い出すように事務室の天井を見ていた父はやがて「ないな」と首を横に振った。

檀家の家族構成までほぼ完璧に記憶している父がそう言うのだから、やはり愛梨沙は源治郎とは直接的な接点がないのだろう。

「でも源治郎さんはこの、白岩さんって人を見た途端に固まって、逃げちゃったんですよ。源治郎さんには覚えがあるんじゃないでしょうか？」

「まあ、そうなるなぁ……」

「もう三日も納骨壇から出てこないんですよ。こんなの初めてのことで、何かちょっと説明しづらいような深い事情があるんじゃないかなと思ってしまうんですよね……」

「元カノか？」

「……やっぱりそうなんでしょうか……」

慧海が曖昧に首を捻ると、父が何か思いついた顔で、「わかったぞ、慧海」と言った。

「どうわかったんですか？」

「元カノっていうより、もっとこんがらかった仲だと思うぞ」

「どういう意味ですか？」

「つまり、その愛梨沙さんのお祖母さんが源治郎さんの愛人で、愛梨沙さんのお母さんが源治郎さんとの間の子ども。つまり愛梨沙さん自身は知らないが、愛梨沙さんは源治郎さんの孫、ということだ」

「……源治郎さんですよ。いくらなんでも、そんなことあるわけないでしょ」

孫の陽向を溺愛し、好々爺の印象が霊体になっても強い源治郎にそのような隠し事があるとは到底信じられない。

「おまえの気持ちはわかる。だが人は皆煩悩から逃れられん。だから人なのだ。煩悩から抜け出たら仏だぞ。源治郎さんだって生きているときにはいろいろあっただろう」

「そりゃそうでしょうけど、雪乃さんじゃあるまいし、そうそうそんなことがあるもんでしょうか？」

「いやいや、わからんぞ。人に歴史ありだ。私の読みが当たっていれば、遺産分けの話じゃないのか？」

まるでドラマの刑事のように、父は自分の考えを披露し出す。

「遺産？」

「そうだ。愛梨沙さんの母は、自分の母の遺品から、実の父が佐藤源治郎という男性だと知った。実の父がどういう人か知りたくて調べているうちに、源治郎さんが亡くなったことを知り、孫の愛梨沙さんに現状を探らせに寄越した、というわけだ。本来なら源治郎さんの遺産分けの権利があるからな」

「よくそんなことを考えつきますね。だいたい源治郎さんのところってそんなにすごいお金持ちじゃないでしょう」

荒唐無稽な推理に呆れて慧海は邪険に返した。

「都内に土地と自前の家があるんだ。羨ましいと思う人だっているだろう。一万円だって争いが起きるんだ。誠に浅ましく悲しいことではあるがな」

もっともらしい顔をして父は手を合わせる。

「そんなの、勘弁してくださいよ。松恩院が巻き込まれるのは困ります」

「私たちが気にしても始まらない。もしそうなったらそうなったで弁護士を立てるしかないだろうが、それも運命。源治郎さんが生きてきた証だ」

「そんな証を残されても、佐藤さんの息子さんだって迷惑でしょう」

父から返されたメモを手に慧海は顔をしかめた。

「どうしたらいいんでしょうね」

「なるようにしかならないだろうよ。気に病んでも仕方がないぞ」

慧海の問いかけに父は頼りにならない答えをくれただけだった。

その夜、柴門がいつものようにふらりとやってきたが、持参したのはビールではなくカップの日本酒だった。

「珍しいな」

「なんとなく、夏の日本酒っていうのもいいかなと思って」

「確かに。酔いがあとからくるのが怖いけど、冷酒もありだな。それにしてもたくさんあるな」

二人で飲むにはどう見ても多い本数だ。

「源治郎さんも日本酒派だよね。飲むかなと思って。おつまみ用の煮干しも買ってきた」

「気を遣ってくれてありがたい……でもそれがさ……」

慧海は、源治郎のお参りに来た件《くだん》の女性のことをざっくりと説明した。

「それ以来、源治郎さんは全然外に出てこないんだよ。いいと言えばいいんだけど、さすがに心配」

源治郎のことをときどき面倒だとは思うが、成仏以外で姿が消えるのを慧海は望んでいない。

「親父は愛人説を唱えてるんだけど。まさかと俺は思う」

「愛人？　へぇ……それはまた艶っぽいね」

柴門は面白そうな顔つきになった。

「そんないい話じゃないだろう。そういうことを艶話なんて言うから、日本男性は未だに男性優位の古い考えって言われるんだぞ」

「そうかも。でも犯罪ではないし、今さらこの世にいない人を現世の基準であれこれ言ってもね。もっともそれが本当なら家族は大変だとは思うけれど」

「それだよなあ……」

カップ酒をちびりと口に含んで慧海は嘆息する。

「雪乃さんに聞いてみたらどう？　霊体同士だと打ち明け話をするんじゃないのかな」

「どうかな。雪乃さんはよくしゃべるけど、人の話は聞かないんだよ」

雪乃はときどき夢の中に出てくるものの、子どもの絵日記のようにその日楽しかったことをぺらぺらと話しては消えていくだけだ。

「恩返しにここにいるとか言ったけど、全然その気配はないぞ。好きなときに出てきて、好きなときに掛け軸に戻るらしい。何日も見ないことも多い。あれなら恩返しを頼んでも、気が向かなければ、絶対に出てこないな」

「わりとマイペース？」

「わりとじゃなくて、自分のことを真っ先に考えるタイプ。源治郎さんと仲良くしてるけど、源治郎さんのあれこれには興味ないと思うな」

慧海は苦笑した。

「もちろんそれが悪いと言ってるわけじゃない。霊体だけどすごく楽しそうなのは見ていても気持ちがいいし、親父の言うとおり、現世に満足したら雪乃さんは成仏すると思うんだ」

　頷きながら柴門はつまみの煮干しの袋を開ける。

「でも、源治郎さんだけじゃなくて、誰かが打ち明け話をしたくなるような人じゃないな。きっとそれは生きているときからそうだったんだと思う」

　差し出された袋から煮干しを摘んで慧海は口に入れる。

「それはそれとして、源治郎さんに愛人がいたっていうのは俺には想像できない。霊体になったからって突然性格が変わるとは思えないよ」

「君の言うことは理解できるけど、人って本当にわからないよ」

　静かに言った柴門が慧海の背後に投げた視線は、彼が自分の過去を振り返っているように見えた。

「思いもかけないことを、普通の顔でするのが人だからね」

「……柴門」

「そんな顔しなくていいよ、慧海」

　言葉に詰まった慧海に柴門が笑顔を作って慰める口調になる。

「知らない顔といっても悪いことばかりじゃない。いい顔かもしれないよ」

「……でも、いいにしても悪いにしてもいきなり、その娘さんから頼まれた伝言を、源治郎さんの息子さんに伝えるのはどうかと思うんだ。源治郎さんが隠れてしまったということは、何か因縁があるからだろう？」

「うん。それはそうだね」

柴門も考え深い顔をして頷く。

「ということは、やはり源治郎さんに、この件を息子さんに伝えていいかどうかを確認するべきなんじゃないかな……。源治郎さんが拒絶するなら、絶対にやめたほうがいい。源治郎さんの過去に何があろうと、自分で抱えて来世に持っていったのなら、それはもう源治郎さんだけの秘密だ。たとえ君が僧侶でも伝えるべきではない。人は知らないほうがいいことだってあるんだから」

きっぱりした柴門の言い振りには反論の余地がなかった。

子どものときから、知らなくても良かったことに振り回された柴門の信念のようなものが伝わって来た。

「わかった。俺もおまえに全面的に賛成だ。源治郎さんに聞きただしてみるよ」

慧海の言葉ににっこりと笑った柴門は、何故かとても無邪気に見えた。

（柴門も素直で傷つきやすいところを隠してそうだよな……）

小学生の頃に、母親の浮気で生まれた息子ではないかと言い出した父と、当然のように否定した母が、目の前で喧嘩を始めたという修羅場を味わわされた友人の胸の内など、慧海がどう頑張って想像したところで限界がある。

何を言っても安っぽい同情か、上っ面の慰めになりそうで、慧海は煮干しを囓りながら柴門の笑顔に自分も笑みを返した。

　悩み事は早めに解決したほうがいいと決めた慧海は、翌朝源治郎と話をつけるべく、愛梨沙から渡されたメモを手に納骨堂へと向かった。

　佐藤家の納骨壇の扉を開き、合掌して呼びかける。

「源治郎さん、おはようございます。少々お話があるので、お出ましいただけますでしょうか？」

　しばらく待ったが出てくる気配が一向にない。

（出てきてほしくないときは出てくるのに……まったく、どうして霊体ってみんな勝手なんだ？）

　大雑把に括ったイメージから出た文句を腹の中に納め、慧海はメモを納骨壇に向かって見えるようにかざす。

「この間お参りにいらっしゃった白岩愛梨沙さんという方が、このメモを源治郎さんの息子さんに渡してほしいと置いていかれました。なんでも愛梨沙さんのお祖母さまが源治郎さんとお知り合いらしいのですが、間違いないでしょうか？」

　それでも姿を見せない源治郎に慧海はさらに語りかける。

「僕も引き受けてしまった手前、放り出すわけにはいきません。このメモを息子さんに渡していいでしょうか？　どうしますか？」

強めに確認した慧海は合掌して経文を唱える。

「願以《がんに》此《し》功徳《くどく》
平等《びょうどう》施《せ》一切《いっさい》
同《どう》発《ほ》菩提心《ぼだいしん》
往生《おうじょう》安楽国《あんらっこく》」

さらに繰り返そうとしたとき、ゆるゆると源治郎が現れた。いかにもしぶしぶといった情けない顔で慧海を見る。

「おはようございます、源治郎さん。お久しぶりです」

にこやかに慧海は朝の挨拶から始める。

「しばらくお目にかかれなかったので心配していましたが、お元気そうで何よりです。それでこの伝言のことですが」

先手を打つように嫌み交じりの文言を口にし、その勢いで気にかかっていることを確認する。

「息子さんにお渡ししてもよろしいでしょうか？」

福々しい顔に憂鬱を滲ませた源治郎がゆっくりと首を左右に振って拒絶を示した。

「駄目ですか？」

首を振りながら、両手を交差させて大きなバッテンを作った。

「そうですか……」

——源治郎さんが拒絶するなら、それはもうやめたほうがいい。

柴門の言うとおりだと思うが、その理由が気にかかる。

愛梨沙のほうは特に他意はなさそうだったし、断るにしてもそれ相応の理由があったほうがいいような気がする。

「どういうご関係ですか？　ご友人？」

曖昧に首を傾げる源治郎に慧海はもう一歩踏み込む。

「……恋人だったとかですか？」

さすがに愛人とは言えずにソフトな路線で尋ねたが、源治郎はすぐに首を横に振った。

「じゃあ……別に教えてもいいんじゃないですか？」

だが源治郎はまた両腕で大きなバツ印を作って、慧海に向かってぐいと突き出す。

（友人でもなく、恋人でもない……いったいどういうことなんだ……？）

「でも知っている方なんですよね？　わざわざお孫さんがお参りにいらっしゃるということは、かなりのお知り合いではないんですか？」

顎に手をあてて、しばらく考え込んでいた源治郎の手がゆっくりと動き出す。

自分の頭の上に手をあてて、ぐいっと下に下ろす。

（あ……これ見たことがある……ええと、ああ、そうだ。柴門と俺が子どもだって言いたかったときだ。小さいって意味だった）

「源治郎さんの小さいときってことですか」

頷いた源治郎は、次に左胸に手をあててから、両手の指で器用にハートのマークを作る。

「……ハート……？」

そうだという顔をしてから、源治郎はそのハートを空に飛ばすように両手を突き上げた。

（……ええと……心臓が飛び出す……やばくないか？　心臓麻痺？　誰の心臓が悪くなったんだ？）

眉を寄せて深刻に悩む慧海に、源治郎がもう一度胸にハートを作り、今度は頬に両手をあてて、恥ずかしそうに顔を左右に振った。

「あ――。好きってことですか？」

実際に頬をうっすらと上気させて源治郎は頷く。

「つまり、その愛梨沙さんのお祖母さまの美園さんという方は、源治郎さんが小さい頃に好きだった女性ということですか？」

少し照れくさそうに、ひょこんと源治郎は頷いた。

（源治郎さん、かわいいな）

幼い頃の恋を語ろうとする源治郎は、とても初々しい。

（やっぱり、親父や柴門の言うとおり、誰かを好きになるっていいことなのかもしれないな……）

改めてそう思った慧海は源治郎に笑顔を向ける。

「じゃあますます、いいじゃないですか。そんな子ども時代のこと別に誰も気にしないでしょう。むしろかわいらしい、いい話ですよ」

慧海は心からそう思った。だが源治郎は頑強に首を振り、何度言っても頼んでも息子に連絡することを承知しなかった。

3

「悩みがあるなら聞くよ。お坊さま」

羊羹の礼に母から預かったコーヒー豆の入った紙袋を渡すと、柴門がそう言った。

「いや、わざわざ仕事帰りに豆を取りに来てもらっただけでも、面倒をかけているのにこの上、身の上相談なんかできない」

「つまりそれは悩みがあるっていう意味じゃないか。聞いてほしいって言ってるも同然だよ——すごいな、炭火焙煎で有名な店の豆だ。これ、美味しいんだよね。ありがとう」

袋のロゴを見て、柴門は嬉しそうな声を出す。

「豆から淹れるのって手間がかかって、迷惑だろう？　インスタントで充分だって言ったんだけど、わかってないわねって、おふくろに一蹴された」

「大丈夫。コーヒーは普段からフィルターで淹れてるよ。でも、なんでご存じだったんだろう？　そんな話をした覚えはないんだけどな」

「俺を介してだが、おふくろだっておまえとは高校時代からの付き合いだ。どこでチェックしてるのか知らないけど、おふくろは案外おまえのことをよく知っている。おまえの誕生日ぐらいすぐ言えるぞ」

「慧海のお母さんってすごいな……」

素直に感嘆する柴門に、女親ってそんなもんだろう、と言いかけた言葉を慧海は飲み込む。

柴門と両親の関係は、慧海が軽く口を挟めないものがあった。

「それで、悩みって何？　浮かない顔だよ」

コーヒー豆の入った袋を傍らに置いて柴門は改めて言った。

「源治郎さんのこと？　この間の件が解決していないとか？」

「そう」

短い返事と一緒に、ため息をついた。

「ようやく納骨壇から出て来てくれたのはいいんだけど、交渉決裂でさ。絶対息子さんに伝言を伝えるなって言われた」

柔和な源治郎がまったく譲る様子がなかったのは意外だった。

「そうなんだ。でもそれなら仕方がないだろう。源治郎さんが嫌だって言うんだから、理由はどうであれ、断るしかないだろう」

「そう。それはそうなんだけどな……」

慧海も理解はしている。

こればかりは仕方がないと、放っておくつもりでいるが、預かったメモの行方に困っていた。

「何が気になるんだ？　結論は一応出たんだろう」

「いや……メモがさ……」

慧海は煮え切らない調子になった。

「その人からメモを預かってるだろう？　あれをどうしようかなと思ってさ」

預かったと言うより半ば押しつけられたと言っていいが、過程はともかく慧海の手元にあることには間違いない。

「放っておくしかないだろう。確約したわけじゃないんだし、向こうだって連絡を取ってもらえればラッキーぐらいに考えてると思うけど」

あっさりと柴門は言うが、慧海は頷けない。

「そういう軽い感じとは少し違うんだよな」

愛梨沙の妙に真剣だった様子を思い浮かべる。自分の身分をきちんと証明したぐらいだから、そう中途半端な気持ちではないような気がする。

(だって、いくら俺の身元がはっきりしていても、こんな物騒な時代に、女性が安易に個人情報を渡さないだろう。そういう危険をおかしても、彼女は源治郎さんの息子さんと会いたいんだろうな……)

「連絡を待ってるのかなと思うと、どうも落ち着かないいんだ。俺は今、煩悩の林に迷い込んでいる」

「煩悩の林？」

「そうだ。遊《ゆ》煩悩林《ぼんのうりん》……ざっくり言うと、この迷い多き世の中で迷うって話だ」

「迷いまくりだね」

柴門が屈託のない顔で言う。

「煩悩の林って木が百八本なのかな？　だけど森じゃなくて林ってところが出口がありそうでいいよね」

「そうか？」

「僕の感じでは、森のほうが迷いそうなイメージだ」

どうでもいいことを言って、柴門が軽く笑う。

「森でも林でもいいけど、あれこれ気にするなと言いたい。でも、それじゃあ君が納得しないって感じだよね」

呆れたような口調だったが、笑みは優しかった。

「だったら方法はひとつだろ？　返しに行けばいいじゃないか」

「返すって？」

「預かった伝言メモだよ」

どこまでもあっけらかんとした調子だった。

「先方に渡せないなら返す。それだけだよ」

「そうか……そうだよな」

納得しかけた慧海はまた別の気がかりを持ち出す。

「でもさ、なんて言うんだ？　源治郎さんが自ら断りました——ってわけにいかないよな」

「そりゃ、いかないけどさ。慧海って本当に真面目だよねえ。真面目の頭に何か別の形容詞がつきそうだね」

柴門がとうとう本当に呆れた声を上げる。

「悪かったな」

ムッとする慧海に柴門が詫びるように軽く手を振る。

「ごめん。そういうところが本当に信頼できる僧侶だよ。君を見ていると、真剣に生きることの凄みを感じる」

「馬鹿にしてるのか？」

「違うよ。真面目にそう思ってる。でもそれじゃあ世間を渡るのが大変になりそうで心配ってこと。……じゃあ、そうだな」

取りなした柴門は長い指で顎を撫でて考える表情になる。

「断る理由はそうだな……、松恩院としては、ご家族をご紹介するための、納得できる事情があると判断できません。故人の名誉に関わりそうなことはいたしません。——とかじゃないのか。今は個人情報に厳しいから、納得してもらえると思うけど」

「そうかすごいな。説得力あるよ。ありがとう、柴門」

「どういたしまして。お坊さまのお役に立てて何よりです」

素直に喜ぶ慧海に、柴門が冗談めかした。

スマートフォンの案内を頼りに慧海は、都下にある白岩愛梨沙の家へと足を進める。

昨夜、愛梨沙に電話で源治郎の息子には連絡を取れない旨を伝えた。

何度も頭の中で断りのシミュレーションをし、なるべく失礼にならないように言葉を選んだつもりだった。

(怒ってはいなかったけど、すっごくがっかりされたんだよな)

──そうですか……残念ですが仕方がありません。松恩院さんのお立場もありますし、こちらが勝手なお願いをしているのはわかっていますから……。

慧海を責める色はどこにもなかったが、その分愛梨沙の失意も伝わって来た。

元はと言えばその場で断らず、無駄に期待をさせてしまった自分に非がある。そう思えば、やはり顔を見て詫びるのが筋だろうと慧海は判断し、預かったメモを返すという理由をつけて、直接白岩家を訪ねることにした。

もちろん愛梨沙は「メモは廃棄してもらえれば結構です」と言っていたが、それはこちらの気持ちがすまないと押し返すと、「では、明日、私がちょうどお休みなので、それでよろしければおいでください」と愛梨沙が引いてくれた。

(それにしても、ここって結構坂じゃないか。暑さ倍増)

夏に着物で袈裟という格好で歩くのはそこそこ慣れたが、坂道はやはり靴のほうが楽だ。

(仏教靴なんか楽そうだよな。カンフーとかもできるしさ)

くだらないことを考えながら慧海は空を眺め、豪快に千切ったような雲に目を細めた。

(これはあれだ、わた雲だ。柴門から聞いたんだよな)

高校時代、柴門が「秋の雲って鯖とか鰯《いわし》とか羊とか名前だけでも美味しそうなのに、夏の雲はいい加減な形だよね。そういう雑なところが大胆で夏っぽいけど。今日のわた雲は特に大きい」と言いながら、ぽこぽことした白い雲が散らばる空を仰いだ。

そのときの柴門の顔は何故か無邪気に幸せそうで、わた雲という言葉と一緒に慧海の脳裏から離れることはない。

(高校時代のことなんて俺にはまだそう昔ってほどでもないけど、きっと親父ぐらいの年になっても覚えていると思うんだよな。源治郎さんにとっても白岩愛梨沙さんのお祖母さんのことはそういう思い出なのかもしれないな)

それが何かはわからないけれど、源治郎の心の中に深く根付いているのは間違いない。

(子どもの頃好きだった人か……当たり前だけど源治郎さんにも子どもの頃があったんだよな……どんな子どもだったのかな？)

徒然に考えながら坂道を登り切ると、愛梨沙の家だった。

グリーンの壁に、出窓という洋風デザインの家は、おそらく注文住宅だろう。

(手が込んだ家だな。下世話な話になるが、かなり高そうな家だ……ということは、源治

郎さんの遺産狙いという線はないな。つまり、二時間サスペンスドラマ的な親父の推理は外れている）

父の推論を排除した慧海は、流れる汗を拭き呼吸を整えてから、ドアベルの形をしたインターフォンを鳴らした。

待っていたように出迎えてくれた愛梨沙に、伝言メモを返す前に中へ入るように促される。

「いいえ、お預かりしたメモをお返しに伺っただけですので」

「そんなわけにいきません。母もお待ちしていたんですから」

そう言った愛梨沙の後ろから、彼女の母親らしい女性が現れた。

「私、愛梨沙の母の美澄《みすみ》と申します」

「申し遅れました。松恩院の僧侶で佐久間慧海と申します」

先に名乗られたことに気圧されながらも、慧海はなんとか新米ながらも僧侶としての威厳をかき集めて姿勢を正す。

「どうぞ、お上がりくださいませ。わざわざこんなところまで来ていただいたのに、お茶の一杯もお出ししないわけにはいきませんわ」

少し時代を遡ったような上品な言葉遣いで慧海を招き入れた美澄は、愛梨沙の母だと誰に聞かなくてもわかるほど似ていた。

ふんわりとまとめた豊かな髪に、大きな目と形のいい口元。

娘のほうはグリーンの半袖ニットにデニムと、母はベージュのブラウスにフレアースカートという格好で、寛いでいるのに崩れないという絶妙なバランスが保たれている。年齢の違いこそあれ、並んでいるととてもよく似た上品な母娘だった。

通されたリビングも洋風の調度品がバランス良く配置され、ほどよい空調と合わせて住んでいる人のセンスの良さと、裕福な暮らしが窺える。

沈み込みそうなソファに座った慧海の前に、繊細なガラスのグラスで出されたアイスティーは薫り高い。

(家で飲んでるのとかなり違うな。家のは大量に入ったティーバッグだったな。おふくろが底値のときに買ったとか自慢してたっけ)

松恩院のやむを得ない清貧な暮らしぶりと違う、白岩家の豊かさを慧海は紅茶の香りから感じ取った。

「私が安易にお引き受けしたばかりに、がっかりさせてしまい、申し訳ございませんでした。これはお返し致します」

愛梨沙から預かったメモを白いティーテーブルに滑らせて慧海は頭を下げた。

「いいえ。こちらこそ無理なことをお願いして、申し訳ありませんでした」

メモを受け取った愛梨沙も頭を下げる。

「本当におかしなことをお頼みしてしまいましたわね」

慧海が顔を上げると、美澄が詫びるように微笑んだ。

「佐藤源治郎さんのご子息を紹介していただきたい理由をお話ししなければ、怪しい者と思われるのは当然です。本当に言葉足らずですみません」

「いえ……最初にきちんとお尋ねしなかったこちらにも非があります。ただお電話でも申し上げたとおり、松恩院から、檀家さまや関係者の個人情報をお話ししたり、お引き合わせしたりするわけにはまいりません。どうぞご理解ください」

「それはもう。こんな時代ですもの。そうお聞きして、かえって、なんて信頼できるお寺さまなのだろうかと思いました」

どこまでも上品に美澄は言う。

話の最中に軽く目を張る仕草が愛梨沙と同じだ。

(本当に似ている親子だ。娘さんは母親も源治郎さんを知らないと言っていたけれど、もしかしたら源治郎さんが一方的に知ってるのかな？　だからよく似ている愛梨沙さんを見て驚いたとか？)

「……佐藤源治郎さんのことを、お母さまはご存じないんですか？」

胸に湧いた疑問を口にすると美澄が「そうなんです」と頷く。

「娘がお話ししたと思うのですが、家のものは誰も佐藤源治郎さんを存じ上げておりませんし、亡くなった母から聞いたこともございませんでした」

思い出すようにゆっくりと美澄は言う。

「母が亡くなったのはもう五年も前のことになりますの……親を亡くすというのは不思議

なもので、なかなか亡くなったという実感が抱けないものなのですね。もちろんそうではない方もいらっしゃるのでしょうが。私の場合は、母がもともと兄夫婦と同居しておりましたのもあって、今でも兄の家に行けば母がいるような気持ちが抜けませんでした」

「そうですか」

慧海は心を込めて頷く。もちろん大切な人を失った思いは十人いれば十とおり、百人いれば百とおりの思いがある。正解も間違いも、是も非もなく、慧海はただ受け止めることに全力を尽くす。

「ですから、兄から少しまとめて渡された母の遺品に手をつけられるようになったのが、本当に最近のことです。私も年を取りますから、いつまでもこのままではいられないと、やっとそれなりの気持ちになりましてね、片付け始めましたの」

少女のように恥ずかしそうな顔をする美園は、娘とたいして変わりのない雰囲気を漂わせる。

「片付けは苦手だものね、お母さん」

娘にちゃちゃを入れられて、軽く睨む仕草をしてから美澄は話を続ける。

「それで偶然、母宛の手紙と小さな日記帳を見つけたのです」

「はい……」

このまま源治郎の過去に繋がりそうな話を聞いていていいのか、慧海は迷う。

だが美澄がこの話をしたいことは強く伝わってきた。

源治郎の息子に会いたいというぐらいだから、美澄ひとりでは持ち重りのするような出来事なのかもしれない。

そうならば聞くことが、僅かながら白岩家と、そして源治郎との縁を結んでいる自分の役目のような気がする。

――どんな話であろうと、その人が語りたい話は、その人にとっては意味がある。……おまえは黙って聞いてやればいい。誰かが耳を傾けてくれる、それが慰めになるんだ。

父の言っていたことの意味が急に腑に落ちた気がして、慧海は腹を括った。

「寄せ木細工で拵《こしら》えた文箱の底板の下から手紙が出てきましたの。母がずっと手元に置いていてきれいなものだと思っていたのですが、そういう絡《から》繰《く》り箱になっているとは知りませんでした――愛梨沙、持ってきて」

頷いた愛梨沙が席を立ち、隣の部屋から寄せ木細工の文箱を手に戻ってきた。

「これです。きれいですよね？」

幾何学模様を描く寄せ木細工の箱は、年季の入った艶を帯びていた。

「大切に扱われていたんですね。傷んだところがありません」

「そうですね。祖母も洒落たものを持っていたんだなあって思いました」

「私が言うのはおかしいのですが、母はなんというか、洋服の着こなしも垢抜けていて子どもの目にも趣味のいい人でしたから、身の回りにはきれいなものを置きたかったんだと思います」

「そうですか。なんとなくわかるような気がします」

目の前の母娘の雰囲気から、その祖母の様子が察せられる。

「ありがとうございます。……それで、手紙を見つけたときは、父からのものかと思ったのです」

美澄は頬に手をあてて、そのときのことを思い出すような顔をした。

「父は母より先に亡くなりましたので、形見として大切にしていたのだろうと感じたのです。年は随分と離れていましたが、仲の良い夫婦に見えていましたから……」

「そうだよね。二人で写っている写真も、どれも仲が良さそうに肩を寄せ合っているよね」

愛梨沙が励ますように言うと、美澄は微笑んだ。

「でも、その手紙は父から母宛ではなく、佐藤源治郎さんという方からのものでした」

美澄は深いため息をついた。

「母だって、今の愛梨沙と同じように若いときがあり、心弾むこともあっただろうというのはわかっています。私もこの年になってようやく気がついたのですが、外見は年齢を重ねていても、心の内は案外と若いものです。お若い方にはわかりにくい感覚だと思いますが」

わかりにくい感覚――と言われたが、慧海は彼女の言っていることが理解できる気がする。

源治郎が雪乃にふらふらしているとき、いい年をして落ち着きがないと思った。けれど心が生きている限り、人を好きになるという柴門や父の考えのほうがおそらく真実なのだ。

「母にも秘密があったのなら、娘として守り通そうと一度は考えたのですが……母がどう生きたのか知りたかったのです」

その気持ちもわかる。

大切な人がいなくなったとき、その人が何か言い残したことがあるのではないか、やり残したことがあるのではないかと、多くの人は思うだろう。もし叶わなかった願いを抱いて旅出ったのならば、代わって叶えてやりたいと願うのは自然だ。

だが、誰かを失った人が深く、激しく、ときに静かに悲しむのを僧侶として見ている慧海は、それは違うと感じている。

(悲しみだけでもつらいし、大変なのに、その上、亡くなった人の思いまで背負うなんてきついぞ)

生きている者は亡くなった者に縛られずに生きたほうがいい。

(誰かの分までとか誰かのためにとか、そんな義務感を抱えて生きるのは、励みになるより重荷になる。たまに思い出して、ああ、そうだったな、生きてる分だけ頑張ろうって考えるほうが健全だよ)

美澄の話を神妙な顔で聞きながら、心中ではわりとアバウトな信念を慧海は展開する。

「何日も迷ったのですが、……とうとう読んでしまいましたの」

「……はい」

慧海は、美澄を責める気持ちはないことを示すために深く頭を下げた。

(読まないほうが絶対にいいんだ。俺は読むべきじゃないと信じてる。でも、目の前の誘惑に勝てるほど人は強くないよ。アダムとイブだって、蛇に唆されて林檎を食べちゃって、そこから人類の波瀾万丈が始まったんだし、仕方がない)

宗派違いの逸話から慧海は永遠の真理を導き出す。

「手紙を読み進めるうちに、母と佐藤源治郎さんという方の深い交流がわかり……どうしてもその方のことを知りたくなったのです……」

意を決したように美澄は慧海を見つめてきた。

「戦時中のことになりますが、母の美園と源治郎さんとはご近所住まいの幼なじみでした」

それを皮切りに美澄の母の美園と、佐藤源治郎の過去が語られ始めた。

4

「源治郎！　また芋を取ったな！」

祖母の吉乃《よしの》に箒を振りかざされた源治郎は、裸足のまま土間に下りて、家を飛び出した。

祖母が縁側に干していた芋を、ひとつばかり失敬したところを見つかってしまったのだ。

「だって、腹減ったんだもん。仕方ないよ！　毎日粥ばっかりじゃ、戦争に勝てないぞ！」

「戦地で戦ってる兵隊さんと、おまえを一緒にするんじゃない！」

「いつかは俺も兵隊になるんだよ。食わないと大きくなれないってば」

「屁理屈ばっかり言って。学校でそんなこと習ってるんだったら、もう行かんでいいわ！　家にいて畑でも手伝え！　源治郎」

「俺、級長だぞ。ちゃんと勉強して、頭を使ってるから腹が減るんだよ」

「それを屁理屈っちゅうんだ。夜ご飯は抜きだ、源治郎！」

背中に祖母の声が飛んできたが、源治郎は走り出した。

学校で一番足が速い源治郎に祖母が到底追いつけないのをいいことに、家の向かいにある練兵場を駆け抜けて裏山に向かう。

錆びた線路を飛び越えようとしたとき、ささくれだった枕木に裸足の指を引っかけて転んだ。

「痛ってぇ！」

慌てて伸ばした掌が滑り、皮が擦りむけた。

「うわぁ……」

掌から肘まで擦りむけて、砂利が刺さりこんだ右腕に源治郎は顔をしかめた。

「舐めとけば治るって――」

「駄目よ。源治郎くん」

舌を出して傷を舐めようとしたとき、頭上から優しい声が降ってきた。

「美園さん……」

長い髪を後ろでひとまとめに括り、手縫いのブラウスに、絣《かすり》のもんぺという格好でも、美園はとてもきれいだと源治郎はいつも思う。

きらきらとしていつも濡れたような大きな目に赤い唇。柔らかい口調に、優しい笑顔。話しているときにぱっと目を張る仕草にも、源治郎の鼓動は速くなる。

男勝りで少々がさつな祖母や、いつも何かを気に病んでいる母親とは違う人種に見えた。

「ばい菌が入ったら大変でしょう。手当しないと駄目よ。家へいらっしゃい」

後光が差すような笑顔で促され、立ち上がった源治郎は、美園のあとをついて行く。

下田《しもだ》美園の家は源治郎の家と一丁ほど離れているが、祖母同士が昔から仲が良く、勢い源治郎も二歳年上の美園とは姉と弟のような付き合いだ。

源治郎が小さい頃は美園のことを姉のように思い、「美園ねえちゃん」と呼んでいたが、国民学校の高等科に進んだ十二歳のときから、「美園さん」と呼ぶようになった。

(だって、俺は男なんだから、年下でも今度は俺が美園さんを守らなくちゃ)

戦火が激しくなり、すでに大人の男性の多くは兵隊に取られてしまっている。源治郎の年の離れた兄も兵隊に行き、美園の二人の兄も同じだ。男は年配者か源治郎のような子どもしかいない現状に、源治郎は年齢よりずっと早く大人になろうとしていた。

「ほら、源治郎くん。腕を出して」

家の庭先に水を張った盥《たらい》を持ち出した美園は、源治郎の腕を手拭いでそっと洗う。

「ち……ぁ……」

「痛いわね……可哀想に……ね」

顔をしかめて必死に堪える源治郎の痛みが伝わるかのように美園は目を潤ませる。

「平気、こんなの大丈夫」

顔を歪ませながらも源治郎は笑って見せる。

「強いのね、源治郎くん、偉いわ」

微笑むと兎のような白い前歯が見えて、美しさに愛敬が滲む。

「強いよ、兵隊になったら敵をいっぱい倒せるよ」

そういえば美園が喜び、自分を頼ってくれるだろうと胸を張った。

だがすっと目を伏せて、源治郎の腕を洗い終えた美園は、俯いたまま絞った手拭いで水を拭った。

「美園さん……?」

「沁みるわよ。我慢してね」

それだけ言うと美園は傷口にヨードチンキを塗り始めた。

「あ……沁みる……。美園さん、沁みるよ」

何か怒っているようにも見える美園の気を惹きたくて、源治郎は大げさな声を上げた。

「……そうよ。沁みるの。痛いの……人はみんな痛いし、怖いの。戦争なんて怖くて痛いだけじゃない……」

　俯いたまま美園はひとり言のように呟く。

「……美園さん、そんなこと言っちゃ駄目だ」

　戦争をしていることを少しでも悪く言うと、警察が来て酷い目に遭うのは誰でも知っている。

「……ひとり言」

　ぽつんと言葉を落として、美園は顔を上げた。

「でもね、生きているからこそ、痛いのよ。源治郎くん。それって素晴らしいことだから」

（当たり前だよな……死んじゃったら痛みを感じないよ？）

　源治郎には理解できないことを言った美園は、盥を手に立ち上がった。

「少しだけど、干し芋があるわ。一緒に食べましょう」

「いいの？」

　遠慮がちに聞くと美園がぱっと輝くような笑顔を見せた。

「もちろんよ。吉乃さんとそれで喧嘩したんでしょう？」

「知ってるの？」

「あんな大きな声で怒鳴っていたらね、嫌でも聞こえるわよ。明日には町内の噂になるわよ」

ふふっと笑いながら美園は土間に戻っていった。

美園がいつもの顔に戻ったことに源治郎はほっとしながらも、彼女の心の内に隠された思いがわからなくて、不安な気持ちになっていた。

祖母の吉乃が難しい顔で薬缶から白湯を注ぎ、美園の祖母の美彌子《みやこ》に湯飲みを渡した。

両親も難しい顔を見せ、茶の間の隅で静かに教科書を読んでいる源治郎には誰も注意を払わない。

美彌子は疲れたような顔で湯飲みを受け取り、一口啜った。

「白湯で悪いけど、茶葉がなくてね。そのうち水もなくなりそうだよ」

祖母の言葉に、みんなが苦い笑いを浮かべる。

美彌子も釣られたように薄く笑って、白湯を啜った。

祖母と美彌子は、美彌子が下田家に嫁に来てからの付き合いだ。男勝りに家を切り盛りする祖母と、のんびりとしている美彌子とは正反対だが、それが逆に気が合うのだろう。

美彌子はよく祖母にちょっとした愚痴や心配事をこぼしに来ていた。

(美園さんのお祖母ちゃん、どうしたんだろう？　いつもと違う)

源治郎にも伝わってくるような、酷く心が乱れた気配があった。

「美園ちゃん、まだ十五だろう？」

「なったばっかり」

（美園さんのことだ……何があったんだ？）

　教科書を読んでいる振りをして、源治郎は大人たちの会話に耳を澄ます。

「……気の毒ですよね」

　祖母の会話には滅多に口を挟まない母の小夜子《さよこ》が小さな声を出した。

「そんなこと言ったって、仕方ないだろう。こんな時代だからな、そういうもんだ。出兵する男は大事にしなきゃならない」

　取りなす口調の父に母が何故か軽蔑するような目をちらっと向ける。

「男の言いそうなことだね。源祐《げんすけ》」

　祖母が鼻先であしらうように言う。

「なんでも、こんな時代だから仕方がないって、そればっかりだ」

「でも本当だろうよ。おふくろ。みんな、我慢してるんだ。嫌だとか駄目だとか言ってる場合じゃないだろう。一丸となって戦っているんだ。女だからとか子どもだからって理由で逃げられないんだよ。ちゃんと自分の役目を果たさないとさ」

「そういうふうにしたのは男だろう。戦争を決めたのも、こんなになってもまだ止めないのも、みんな男だ。男は兵隊に行くだけで英雄かい？　女子どもは銃後の守りなんて頼んでもいない役目を決められて、男の言うことだけ聞いてりゃいいのかい？　あたしたちを馬鹿だと思ってるのかい？　あたしたちだって人間だよ。この頭と心でちゃんと考えてるよ。こんな毎日なんて絶対におかしいってね」

「おふくろ！　そんなこと言ったら――」

声をひそめて父がたしなめるが、祖母はまたふんと鼻を鳴らす。

（祖母ちゃんは、戦争が駄目だと思ってるのか？　兵隊さんが嫌いなのか？）

口うるさい祖母でよく叱られるが、そんなことを言うのはこれまで聞いたことがない。いつも兵隊さんだって我慢してるんだから、我慢しろと叱ってくるが、腹の中は違うのだろうか。

「あたしたちに聞いてくれたら、すぐにもこの馬鹿馬鹿しい争い事をやめてくれって言うよ。小夜子さんだってそうだろう？」

言葉ではなく小さな頷きで、母は同意する。

（お母ちゃんまで……）

「学校も終わってない十五になったばかりの娘を、無理矢理結婚させるってどうなんだ？おかしいだろう」

（え？　え？　なんだ――？　それって美園さんのこと？　美園さんが結婚？）

全身が耳になったように源治郎は息を詰めて、みんなの話を聞き取ろうとした。

「美園さんに結婚の話を持ってきたのは、町会長さんなんですね？」

母が確認するように聞く。

「そうなのよ。知り合いの息子さんに召集令状が来たんだって。もう三十過ぎてるんだけど少し身体が弱かったので、結婚してなかったそうなのよ」

「身体が弱いのに今さら招集されたんですか？」

母が眉をひそめる。

「もう人がいないんだよ。兵士として一番使える徴兵検査が甲種合格じゃなくてもかまわなくなってるんだよ。で、その息子が嫁を探してるのかい？」

祖母も渋い顔で美彌子を促した。

「出征するのに妻がいないのは可哀想だと、御両親が急いで結婚相手を見つけようとしてるそうなの。それで美園がちょうどいいだろうって話になったらしいわ。向こうさんも美園をこっそり見に来たらしくて、とても気に入ったとか……」

ため息のように美彌子が答える。

「美園ちゃん、きれいだから……」

母が痛ましそうな顔をした。

「妻がいないのは可哀想でも、無理矢理妻にさせられるほうは可哀想じゃないって言うのかねえ……第一、ちょうどいいってさ、相手は美園ちゃんよりも十六も年上なんだろう？全然釣り合ってないじゃないか」

「そうか？　別に普通じゃないか。男は年上のほうが頼りになる」

父が首を傾げると、祖母と母が鋭い目で睨んだ。

「好き合ったならともかく、たった十五の娘にとって、三十を越えた男なんてどう見えると思うんだい。それに年上だって頼りにならない男はごまんといるからね」

ぴしゃんと言ってから、祖母は美彌子に同情の目を向けた。

「せめて、許婚《いいなずけ》というのはどうだい？　それだったら美園ちゃんは学校をやめなくてもいいし、今すぐ家を出ることないよ」

「それは息子夫婦も真っ先に頼んだのよ。嫁入り支度もしてないし、せめて体裁だけでも整えたいから、許婚として待たせてほしいってね」

「……そうですよね。親としてはそう思いますよ」

母も深く頷きながら相づちを打つ。

「でも、先方さんが全部用意するから気にしないでくれって言うんですよ。息子さんが戻ってくるまで美園は向こうの家で大切に扱うからってね……挨拶代わりだって砂糖を持ってきたぐらいだし、生活に不自由はしていないんだと思うけど」

「金だけじゃなくて、品物が手に入るなんてどういう家だい？　闇市でボロ儲けでもしてるのかい？」

「おふくろ、言葉が過ぎる」

さすがに父が強く諫めた。

「町会長さんもはっきりとは言わないんだけれど、軍事関係の裏の仕事っていうのかしらね……そういうのに伝手《つて》があるみたいで、あの家に嫁げばお腹いっぱいご飯が食べられるって町会長さんが自慢げに言っていたのよ」

ああ、と大人たちが顔を見合わせた。

「それなら息子の招集は止められなかったのかね？」

祖母が声をひそめた。

「……もう人手不足だから、周囲の目もあるしってことかも……でもたぶん、前線には行かないんじゃないのかしらね……そういうことができるのかどうかは知らないけど」

もっと小さな声で美彌子は言った。

「――どうしたって、断るわけにはいかないのよ」

全員が何か同じことを考えているような奇妙な沈黙のあと、美彌子が言った。

「町会長さんから睨まれたら、配給品の分配にも差し障りがあるかもしれないし、万が一のとき、防空壕にも入れてもらえないかもしれない……」

「そうだね。美彌ちゃんの心配ももっともだ、それでなくても物がないんだから、あの町会長に目の敵にされたら何も回ってこなくなるかもしれないよ。互いを見守り助け合うなんて言う隣組の決まりに胡座《あぐら》をかいて、平等なんて口だけなんだからさ」

（そんな馬鹿な――）

源治郎は腹の中で叫んだ。

嫌なことを嫌と言ったからといって何故意地悪をされるんだろう。

だが大人たちは誰も反論せずに深いため息をついただけだった。

「美園には申し訳ないと思うのよ……私だけならまだいい。どうせいつかは死ぬんだからって覚悟もできる。でも下田の家のものみんなを犠牲にすることはできない……美園には我慢してもらうしかないのよ」

「たった十五でね……こんな時代じゃなかったら、勉強することも好きな人と添うこともできたろうにさ……」

さっきまでの勢いを失った祖母がつらそうに言った。


次の日、学校帰りに通学路にうるさいほど生えているギシギシを毟《むし》りながら、源治郎は昨夜のことを考えていた。

(美園さん……お嫁に行っちゃうの？　行きたくないのに……)

したくないことをさせられるのはよくあることだ。源治郎だって便所掃除はしたくないが、自分たちで使うのだからしなくてはならない。廊下に立たされるのはしたくないことだが、ふざけていたのだから立たなくてはならない。

でもそれと、結婚は違うだろう。

(絶対おかしいよ。上手く言えないけど、結婚をしたくないのに、結婚するなんて絶対おかしいってことだけはわかるぞ)

苛立った源治郎が千切ったギシギシを放り投げたとき、少し前を行く美園が見えた。

「美園さん――」

呼びながら駆け寄ると、美園が振り向く。

「源治郎くん……」

微笑んだ顔はいつもどおりきれいだったが、頬が翳っていた。

「ね、美園さん、お嫁に行くって本当なの？　昨日美園さんちのお祖母ちゃんが来て、そう言ってた」

遠回しに聞くという遠慮などできない源治郎は不躾に言う。

「……そうみたい。明後日向こうのお家の方がお迎えに来るそうよ」

他人事のように美園は答えた。

「それでいいの？　美園さんはお嫁に行きたいの？　行きたくて行くの？」

「そんなわけないじゃない！」

翳りを帯びていた頬にかっと血が上り、初めて聞くような激しい口調で美園は言った。

「会ったこともない、うんと年上の人のお嫁になりたい女学生がいると思う？　いたら私と代わってほしいわ」

美園は涙を溜めて唇を噛んだ。

「学校だって終わっていないのに——どうして——私が何をしたの？　何が悪いの？」

「美園さんは悪くないよ——悪くない。悪いわけがない」

源治郎は美園の手を握った。

「源治郎くん……私、行きたくない……行きたくない……」

堪えていた涙が大きな目からこぼれ落ち、忍耐が切れたように美園は泣き出す。

「嫌なの、嫌なの……ここにいたい。もっと勉強したい、お母さんとお父さんといたい。

お祖母ちゃんとお芋を干していたい……」

美園は激しくしゃくり上げた。大人びたところが消え、たった十五歳にしかならない怯える少女の素顔が剝き出しになる。

源治郎の手に美園の熱い涙が落ちる。

(美園さんは絶対悪くない。じゃあ、悪いのは——誰なんだろう?)

美園と結婚する男性なのか、息子に嫁を探している両親なのか、それとも町会長なのか。それなら美園を嫁に行かせる下田家も悪いし、反対するのを諦めた源治郎の両親や祖母も同罪だ。

(いったい誰が悪いんだ……)

源治郎は頭の中が混乱する。

たったひとつわかるのは美園が可哀想だということだけだった。

「美園さんはどうしたいの? 俺、できることは協力するよ」

何をしたらいいかわからないが、せめて美園が望むことをしてやりたいと、源治郎は泣きじゃくる美園に言った。

「なんでもするよ。美園さん」

「源治郎くん……」

涙で顔中を濡らした美園が源治郎を見つめた。

「助けて、私を。お願い」

「うん、助けるよ」

源治郎は美園の手をぎゅっと握りしめた。

「明日の夜、線路の向こうの山へ逃げればいい。裏側の北の斜面の奥に、誰も知らない小さな洞穴があるんだ。そこに隠れればしばらく絶対に見つからない。向こうの家のやつらが迎えにきたときに、美園さんがいなければ諦めるよ、きっと」

穴だらけで単純な源治郎の提案に、美園は驚いたように大きな目を見張ったが、何かを思い決めたように頷いた。

そして翌日の夜、干し芋を懐に入れた源治郎は、厠《かわや》へ行く振りをしてこっそりと家を出た。線路の際で待ち合わせていた美園の手を取って、山へと向かう。

月明かりもない夜だったが、北極星だけはよく見えて、源治郎を導く。何度も行き慣れた道を美園の手を引き、源治郎は間違いなく山へと入り込んだ。

「こんなところよく見つけたのね。すごいわ」

小さな洞窟で膝を抱えて座った美園が、楽しそうな声を出した。

「祖母ちゃんに叱られるとここに逃げる。俺の秘密基地なんだ。これで安心だよ。美園さん」

得意の絶頂にいる源治郎に、美園の笑い声は少しだけ寂しそうに聞こえる。

「源治郎くんの秘密基地は平和だわ」

隣に座っても顔が見えないほどの闇の中で、美園の声だけが優しく響く。

「……いつになったら平和になるかしらね」

「戦争に勝ったら……かな」

以前とは違う、あやふやな気持ちで源治郎は言った。ついこの間までは戦争に勝って、素晴らしいことが起きると信じていたが、身近で大好きな人が泣いているのを見れば、心が揺れた。

「勝たないわよ」

闇の中で美園が静かに言った。

「それに勝ったら勝ったでまた同じことをするだけだって宗一《そういち》兄さんがよく言ってたわ」

「宗一さんって兵隊に行ってるんだよね……」

兵隊になったのに、そういうふうに思っていることが源治郎には不思議だったが、美園はまた寂しそうに笑った。

「そうよ。そう思っていても兵隊にならなくちゃいけないの。私が嫌だって思っていても、お嫁に行かなくちゃいけないみたいにね……宗一兄さんは、戦争に勝っても平和になんかならないって教えてくれたけど……本当みたい」

「じゃあ、なんのためにしてるんだ？」

「誰もわからないんじゃないかしらね。もう、今となってはね」

美園は低く呻いた。

「でも、わかるのは源治郎くんのお腹が空いているのも、私が会ったこともない人のところへお嫁に行かなくちゃならないのも、戦争のせいってこと」

美園の言葉に、源治郎はずっと考えてきた『誰が悪いのか』という答えがあるような気がした。

「……戦争が……悪いの……？」

「そうね。悪いわ。好きなこともできない、本当に思っていることは何も言えない。死んでしまったら痛いも言えないのに、怖いって言えない。毎日すごく怖いのに、平気な顔してなくちゃいけないなんて、おかしいでしょ？」

膝に顔を伏せて、美園は泣くのをこらえるように震える息を吐いた。

「美園さん……これ、食べて」

どうやって慰めていいかわからず、源治郎はポケットに突っ込んでいた干し芋を出した。

「持ってきたの？　吉乃さんに叱られるわよ」

そう言ったものの、美園は芋を受け取って少しずつ囓る。

「……行きたくないなあ……ここにいたい」

「だから逃げたんだよ。大丈夫だよ」

源治郎の自信たっぷりな言葉に美園が小さく笑った。

「だといいけど……きっと見つかるわ……すぐに」

「そんなことない！　俺、いつも見つからないぞ」

源治郎は美園のほうを向いて、ムキになって言う。

闇の中でも美園の目がきらきらと濡れているのが見えた。

「……ほら、来た……声が聞こえるわ……」

源治郎の顔を見たまま美園が囁く。

「……嘘……」

美園の顔から目が離せない源治郎の耳にも人々のざわめきが聞こえてきた。

「……どうしよ……美園さん……」

さすがにここが見つかればもう逃げられない。自分たちが袋の鼠だという事実に源治郎は声が震えた。

だが美園は源治郎を励ますように微笑み、その唇が呆然とする源治郎の唇にふわりと重なった。

「ありがとう、源治郎くん……楽しかった」

何が起きたのかわからない源治郎の耳に、美園の声が柔らかく聞こえてきた。

「ちくしょう！　出せ！　出せ！」

物置の扉をがんがんと叩いて源治郎は叫んだ。

誰も聞いていないし、聞いていたところで出してくれないのもわかっている。

けれど、じっとしていられなかった。

（美園さんが連れて行かれる）

そう思うと腸《はらわた》が千切れそうに苦しくて、悔しかった。

（俺の秘密基地があんなに簡単に見つかるなんて思ってもいなかった。俺のせいで、美園さんが連れて行かれちゃう）

大人ぶっていても源治郎の世界は狭い。源治郎の行けるところなど、周囲の大人には簡単にわかるということが源治郎にはわからなかった。

あの夜、美園の予測どおりに見つかった二人は、すぐに連れ戻された。

町会長が先頭になって、源治郎を押さえつけた。

『この、餓鬼が。女子を誑《たぶら》かすとは何事だ！　この非常時に何を考えているんだ！　源祐さん、あんたの教育が悪いんだぞ』

父は真っ青になって平身低頭で詫び、母は座り込んで地面に頭を擦りつけていた。

『本当にすみません、町会長さん。源治郎はまだまだ子どもなんですよ。誑かそうなんてこれっぽっちも思ってなくて、ただ美園さんが嫁に行くのが寂しくてならないんです。子どものことなんで本当に許してやってください』

祖母は、彼女らしくない丁寧な口調で、やはり頭を下げた。

『日本男児たるもの、女のように寂しいなどと口にしてはならんのだ！』

町会長が源治郎の頭を平手で殴る。

『やめてください！　私が源治郎くんに頼んだの――源治郎くんに酷いことしないでちょ

うだい！』

父親に抱えられた美園が大きな声を上げた。

『私だって、私だって、したいことがあるの！　お嫁になんか行きたく――』

叫ぶ美園の口を母親が平手で塞ぎ黙らせた。

『こんなことが先方に知れたら、相手が子どもとはいえ、破談になるかもしれません。美園に何かあったとでも思われたら困るので、ここは穏便にお願いできませんか、町会長さん』

やんわりとした口調で美彌子が割って入った。いつものおっとりとした口調だったが、誰の反論も許さないきっぱりとした意志があった。

『この子の将来のために、ここは何も見なかったことにしてください。町会長さんがせっかく取り持ってくれた縁談が駄目になるのは……』

『……仕方がない』

美彌子の遠回しな言い振りに、自分が持ち込んだ縁談で、しかも相手が乗り気なのを破談にするのは面目が立たないと気がついたのだろう。町会長はしぶしぶと言った顔で引き下がった。

『まったく、このろくでなしの餓鬼が』

また頭を叩いてから町会長は源治郎を解放した。

『子どもらの将来のためだ。仕方ない。みんなも忘れるんだぞ』

取り繕うように言う町会長に、大人たちは無言で頭を下げる。

『ずるいぞ！　みんな、ずるい！　美園さんのこと勝手に決めて、ずるいぞ！』

父親に摑まれたまま、源治郎は喚く。

両親に抱えられて源治郎を見つめる美園の目には夜目にもわかるほど涙が溜まっていた。

『源治郎くん、もういい――仕方ないんだから』

『美園さん、仕方なくなんかないよ！』

『仕方ないんだぞ、源治郎。美園ちゃんの言うとおりなんだ――今は、誰も我慢してるんだ。――騒ぐな！』

父が暴れる源治郎を引きずって物置に放り込んだ。

『頭が冷えるまでその中にいろ』

声と一緒につっかい棒をする音が聞こえてきて、源治郎は物置に閉じ込められた。

「ちくしょう！　ちくしょう！　馬鹿野郎！　出せ！　仕方ないなんて、卑怯だぞ！」

叫び続けて声が嗄《か》れた源治郎はとうとう物置の床に倒れ込んだ。

源治郎が物置から出されたとき、日は高く真っ青な空は眩しく、そして美園はもういなかった。

「お母ちゃん……」

ふらふらと外に出た源治郎を、庭に設えた大きな水瓶の側にいた母が手招く。

「こっち来なさい、汚いんだから」

言われるままに瓶の横に座り込んだ源治郎の頭から、母は柄杓《ひしゃく》で瓶から掬った水をかけた。

「……わ……」

犬のようにぶるぶると首を振る源治郎にかまわず、母は次から次へと水をかけた。

「お母ちゃん……鼻に入るよ……」

「仕方ないんだよ。源治郎」

水をかけながら母は言った。

「美園ちゃんがお嫁に行くのは仕方がないんだよ」

「なんで仕方ないんだよ！　美園さんはあんなに嫌がってるのに、おかしいよ！　俺が廊下に立たされるのと、わけが違うんだぞ。なんにも悪いことしてないのに、どうして嫌なことをしなくちゃならないんだよ！」

頭からじょぼじょぼと水を浴びせられながら源治郎は叫ぶ。

「お母ちゃんにもわからない。知らない間にこんなふうになっていたんだよ。泣きたいときはこうやって水を被って、泣かない振りをするしかないようになっていた。あたしにも全然わからないんだよ……なんでこうなっちゃったのか……」

源治郎の頭から水をかける母の声が泣きだしそうに聞こえる。

「お母ちゃん……」

「——だからね、源治郎。おまえが大人になったら、仕方がないなんて言わなくてもいい世の中にしなさい。それがきっと、一番大事なんだよ」

（仕方ないって言わなくていい世の中って……なんだ……）

ずぶ濡れになった源治郎は、どうしようもなく流れる涙を頭から垂れてくる水と一緒にごしごしと擦った。


美園からの手紙が届いたのは、源治郎の心を映し出すような暗い雨の日だった。

見たいような見たくないような気持ちで開けた封書の中には一枚の写真。

「美園さん……結婚式の……だ」

白黒の写真でも豪華だとわかる着物に、白い角隠し。色の濃淡でそれとわかる白粉と紅の花嫁化粧が華やかに施されていた。

「すごいな……お姫さまみたいだ」

きれいな着物を着ている人などもう長いこと見たことがない源治郎は、それだけで驚く。

水白粉で首まで真っ白に塗り、下唇にぽってりと紅を差した美園は、昔は家に飾ってあった日本人形のように見える。

「美園さんじゃないみたい……きれいかもしれないけど……なんだろう？　なんか違う。手紙とか入ってないのかな」

封筒をもう一度覗き、首を捻りながら写真をくるりとひっくり返したとき、そこに書かれている文字に気がつく。

――こんな姿になりました。

そのとき源治郎は、写真の違和感の正体に気がつく。

きらきらと濡れて潤み、日の光をすべて集めるような大きな瞳が暗く洞のようだ。

ぞっとするほど虚ろな目。

写真の中の美しい美園は、生きながら死んでいるように見えた。

――こんな姿。

美園の悲しさと悔しさが、吐き捨てたような言葉から伝わって来た。

「美園さん……ごめんね……俺……美園さんを助けられなかった」

源治郎は自分の唇に指を触れた。

美園が接吻してくれた唇。

――ありがとう、源治郎くん……楽しかった。

逃げられないことなどわかっていたけれど、美園は最後に何か特別な思い出がほしかったのかもしれない。きっとそうに違いない。

(俺を、思い出の相手に選んでくれて、ありがとう。だけど俺……美園さんを助けたかった。ちゃんと助けたかった。好きだった。大好きだったから……)

そして自分は大好きだった人を守れなかったのだと、源治郎は心からの後悔を覚える。

(仕方なかったのか？　俺が子どもだったから、仕方なかったのか？)

自分に問いかけても答えは出ない。

――おまえが大人になったら、仕方がないなんて言わなくてもいい世の中にしなさい。

母の言葉が源治郎の身体を造る細胞のひとつひとつに沁みていく。

(俺、仕方ないって言わないような大人になりたい)

源治郎はその思いをずっと忘れないでいようと誓った。

5

「これが、源治郎さんにお送りしたのと同じ、母の花嫁姿の写真です」

美澄が差し出した写真に慧海は息を呑んだ。

(似てる、そっくりだ……)

大きな目とふっくらとした唇が印象的な顔立ちは、美澄と愛梨沙にそっくりそのまま受け継がれている。

源治郎が愛梨沙を見て、驚いた理由がよくわかった。

「おきれいな方ですね」

「ありがとうございます。でも……母は幸せだったのかと今になれば思います」

美澄が迷う目をする。

「源治郎さんからの手紙は、父が無事に復員してくると知ったときが最後のようです。これからは仕方のない運命などと思わず、幸せになってください――とそう書いてありました」

「……仕方のない運命……ですか」

いつもふんわりと楽しそうな源治郎が必死に生きていた日々を思い、慧海は言葉が出ない。成仏してほしいと願いながら、自分は本当に源治郎を悼んでいたかと省みてしまう。

「最初は、母が嫁いだあとも何故男の方と文通をしていたのか不思議でした。いえ、今ならなんということないんでしょうけれど、母の頃は珍しかったのではないかと思ったのです」

美澄は少し申し訳なさそうな顔をした。

「ですが、結婚後すぐに父が出征してしまった母を、周囲も気の毒に思ったのでしょうね。たった十五でしたから……弟のような幼なじみとの手紙のやり取りぐらいは大目に見たのでしょうか」

「そんなの当たり前な気がするけど。やめさせたら人権侵害じゃない」

「あなたは幸せな時代に生まれたのよ」

娘の言葉に美澄が苦笑する。

「母と源治郎さんの気持ちが一致したということでしょうか、手紙のやり取りは母もきっぱりとやめたようですが……源治郎さんの手紙を残していたということは、やはり寂しかったんでしょうね」

美澄はどこかが痛むように胸に手をあてて、ため息をついた。

「父は身体が弱くて、母よりは随分早くに亡くなりましたが、生きている間は仲の良い夫婦に見えました。父はよく、お母さんと一緒になって良かったって言っていました。年も離れ身体の弱い自分のところへ嫁いできてくれたと感謝していて、傍目にもとても大事にしていました。母も素直にそれを受け取っているように見えていたんですけれどもねえ」

「お祖母ちゃんはお祖父ちゃんのことを私に話すとき、とっても優しい顔をしていたわよ。お母さんの言うとおり、仲が良かったんだと思うけど」

愛梨沙が母の言葉を後押しする。

「でも本当に母は……父をどう思っていたんでしょうか……」

（どうって……どうなんだろう？）

慧海にはもちろんわからない。

慧海の両親は高校時代の同級生ということもあって、それこそ「喧嘩するほど仲が良い」典型の夫婦に見え、それをモデルケースとして育った慧海は複雑な男女の機微には疎い。

だが美澄は答えを待っていたわけではないようで、問わず語りを続ける。

「幸いお金に不自由はなかったものですから、母はいつもお洒落をして、習い事や趣味に飛び回っていました。友人もいて、充分に楽しそうに見えていましたの」

「そうだね、お祖母ちゃんはいつも忙しそうだったよね」

愛梨沙も同意する。

「ええ、でも……ひとつだけ気になることはあったんです」

じっと一点を見つめて、美澄は切り出した。

「母は、毎年決まった日だけは、絶対何もしないで部屋に籠もるんです。それがどんな重要な日でも、です」

美澄が真剣な目で、過去を見るように視線を遠くに投げた。

「私の学校の行事があっても、愛梨沙の学芸会があっても、習い事の先生の発表会も断って、部屋に籠もるんです。理由は絶対に教えてくれませんでしたけれど、家族の者は意見が差し挟めないような雰囲気でした」

隣で聞いていた愛梨沙も頷く。

「母の二人の兄のうち、ひとりは戦死しておりますのでその命日かなと思ったのです。そのお兄さんという方は戦争に批判的で、それが理由なのか危険な場所に兵士として送られて亡くなったと聞いています。母はそのお兄さんを尊敬していて、随分影響を受けたようです」

美澄が思い出しながらゆっくりと言葉を繋ぐ。

「母が女子学生の頃は、戦争を無条件で礼賛するような同級生が多かったらしいんですが、母は当時から違っていて、口には出せなかったけれど戦争が大嫌いで間違っていると思っていたと、聞いたことがあります」

「軍国少女ね。お祖母ちゃんが私は軍国少女じゃなかったからって笑ってた」

愛梨沙が相づちを入れた。

「軍国少女？　ですか？」

「松恩院さまのようなお若い方はご存じないでしょうね。私でさえ知りませんから。戦時中、戦争をする国のやり方をひたすら無垢な心で信奉する少女をそう呼んだと、母から聞いていています。間違った教育の負の賜だって母は言っていましたけれどね」

「そうですか……」

源治郎と同じように美園もまた、葛藤を抱えていたのだと思うと、会ったこともない人とはいえ、その人生の重さが慧海にずしりとのしかかってくる。

「漠然とですが、その戦死されたお兄さまを思って一日を過ごしているのかなと考えていたのですが、今回手紙を見て、なんの日だったのかがようやくわかりました。結婚を嫌がった母が、山に源治郎さんという方と一緒に逃げた日だったということが」

美澄が深い吐息をついた。

慧海も美園と同じように、喉に何かがつかえたように息苦しくなる。

（源治郎さん……そんなことがあったのか……）

今も成仏せずに漂っている源治郎が抱えているものを、慧海は推し量らずにはいられない。

（源治郎さんは確か結婚も遅かったんだよな……ずっと美園さんを思っていたからなのか

もな)

陽気そうな源治郎に隠された直向きな思いが、時を超えて慧海に伝わってくる。好きだった――というよりも、美園を守れなかったという後悔に源治郎はずっと苛まれていたのだろう。

時代も境遇も違うけれど、高校時代に大好きだった矢島美樹《やじまみき》を守れなかった自分の気持ちを慧海は思い出す。

美樹とは短い交際だったけれど、本当に好きだった。だから本来ならごく身近な人間にしか感応しない慧海の能力が発揮されて美樹に降りかかる災難が見えた。なのに慧海はそれを「勘違い」と無理矢理思い込んで、何もしなかった。

結果、美樹の家が火災で全焼するという事態を回避することができなかった。

疎ましい自分の能力を無視したい気持ちもあったと思うし、何より大切な彼女に不幸が起きるなど考えたくもなかった。

自分の無力と勇気のなさに美樹と付き合う権利などないと思い込み、彼女を支えないのかという周囲の白い目を感じながらも彼女から距離を置いた。

(矢島さんもご家族も助かったのが幸いだけれど……俺がもっとちゃんと自分に向き合っていれば違う結果になったはずだって今でも思うよな)

あの何千倍、何万倍も源治郎は身が引きちぎられるほどの後悔を味わったはずだ。

(源治郎さん……すみません……)

いたたまれない気持ちになった慧海は心の中で源治郎に詫びる。

源治郎は未だに美園とのことを悔いてこの世から離れられないのだろうか。美園がとうにこの世にいなくなっても、手紙が残っていたように、源治郎の彼女への思いはこの世に残されているのだろうか。

源治郎のつらさ、悲しさを感じ取ることができず、成仏をさせてやれない自分の非力が慧海の胸に迫った。

「……そんな過去があったのかと思うと……もしかしたら母の心の中は私たちが見ているものと違ったのかと気になってしまって……」

「お母さんの言うことはわかるけど、お祖母ちゃんは楽しそうだったわ。わざと元気にしてる感じじゃなかったと思うけれど」

母を励ます愛梨沙の言葉は間違っていないと慧海も思う。

孫の陽向が来たときの源治郎は本当に嬉しそうだし、あれは嘘でしている顔ではない。

「愛梨沙の言うこともっともだと思うんです。母は優しい人でしたし、私たちへの愛情も心からのものだったと信じています」

美澄が嚙みしめるように言った。

「でも、だからこそ、母が最後まで心に残していた人がどんな人か、知りたいと思ったんです。昔を懐かしく思う気持ちと、母なりに自分の運命にその方を巻き込んでしまったことを後悔する気持ちとがあったのではないかと思うのです。大人になった『源治郎くん』

が、どうしているかと、いつも気にしていたのでしょう。だからこそ、一日、佐藤源治郎さんという方を思う日を作っていたのではないか……と」

「そうかもしれませんね」

「それで、ご存命ならお会いしたくなりまして……失礼だとは思ったのですが、興信所を使って佐藤源治郎さんという方を探してしまいました。それで、源治郎さんがお亡くなりになって、松恩院というお寺に納骨されていることを知りました。ですからお家も知っておりますが……突然お訪ねなどできません。それで無理なお願いをしてしまいました」

美澄は軽く慧海に頭を下げた。

「でもよく考えれば、向こうにもご家庭があったんですから、こんな話は不愉快ですわね」

「そうだよね……私も勢いでお参りに行ってしまったけど、困りますよね」

顔を見合わせた母と娘は苦笑した。

「第一、勝手に興信所で調べるなんて、先方にしたら気持ちが悪いですよね。母がどうしてもと言うのでつい……」

愛梨沙は言葉を濁したが、年齢を意識して身の回りを片付け始めた母に頼まれれば、断れなかった気持ちもわからないではない。

佐藤家にすればいい気持ちはしないだろうが、今さら責めてもどうしようもない。

「源治郎さんの息子さんには、このことは申し上げません。自分が言う筋合いではないかもしれませんが、お調べになったものは廃棄されたほうがいいかと思います」

「それは私が責任を持って、必ず廃棄します」

愛梨沙は肩の荷が下りたような顔で約束した。

「……話せることは限られますが……」

この人なら信用できると判断した慧海は身元調査の件は終わりにして、話を変える。

「佐藤さんは……源治郎さんは、若い人に恋をしろといつも言っていたそうです。いつ兵隊に取られるかわからないからと」

美園は驚いたように目を見張るが、愛梨沙は「格好いい」と感心した声を漏らした。

「息子さんご夫妻は大げさだと笑っていらっしゃいましたが、源治郎さんの中には理不尽な戦争へのいろいろな思いがあったのだと、お話を聞いて知りました」

美澄が首肯するように首を振った。

「それでも普段は、源治郎さんはとても明るくて楽しい人だったそうです。お孫さんとはゲームを一緒に楽しむような仲良しで、お孫さんもお祖父ちゃんを慕っていました。今でも祖父が生きている気がしますと、お孫さんが言っていました」

――お祖父ちゃんは元気ですか？

祖父への愛に溢れた陽向の言葉を思い出しながら慧海は言う。

「自分のような若輩者が言うのも口幅ったいのですが、源治郎さんは、幸せな人生を送られたと思います」

成仏はしていないけれど、苦しいだけの日々だったのではないだろうと、慧海は自分に言い聞かせるように告げた。

「そうですか。幸せな人生ですか……そうですね。きっとそうなのでしょう」

噛みしめるように美澄は言う。

「……でも恋をしろですか……その方も苦しんだんですね。誰も悪くないのに……罪な時代だったとつくづく感じます」

「はい。そう思います」

それだけは確かだと慧海は自信を持って言える。

苦しい時代を生き、つらい思い出を抱えてなお、楽しそうに見える源治郎に畏敬の念を抱く。

「お母さまの美園さんも、源治郎さんが『幸せになってください』と望んだ言葉どおり、幸せになられたのだと思います」

「そうですね……仕方のない運命などと思わずに……ですね」

美澄が噛みしめるように言う。

「母は強い人だったと、今は思います」

「私もそう思う。私なら運命を恨むかもしれない。でもお祖母ちゃんはそうじゃなかった。お祖父ちゃんのことも大事にして、私たちを心からかわいがってくれた……」

愛梨沙の言葉に慧海も心の中で同意する。自分も先祖から受け継がされた能力をついつい恨んでしまい、その気持ちから逃れることがなかなか難しい。

そんな自分と比べれば源治郎と美園という人が、手の届く範囲で精一杯幸せになった強さは賞賛に値する。

「母ならきっと、源治郎さんが母のことを忘れないでいてくださって、幸せに生きられたなら良かったと言うはずです。そして、これは私の勝手な言い草かもしれませんが、自分も充分に幸せだったよと、言ってくれると思います」

「そうだね。お祖母ちゃんはそう思うよ。優しい人だったもの」

愛梨沙の言葉に美澄が「そうね」と微笑んだ。

「どうもありがとうございます。松恩院さまのおかげで、心の整理がついたような気がします」

「いいえ、何もできませんでしたが、そう思っていただけたのなら何よりです」

人の話を聞くことが修行だという父の教えの意味を感じながら慧海はそう答えた。

「見つけた手紙と日記は、私の手で供養します。そしてこの先、このことは私と娘の胸の内にしまっておきますわ」

「そうね。お母さん。それがいいよ」

愛梨沙が約束をするように、母の手に触れた。

寺に戻った慧海は、父にことの顛末を語った。

自分が知らない時代を生きた源治郎の日々の重さに押され、ときおり話に詰まる慧海に、珍しくちゃちゃひとつ入れずに父は黙って聞いていた。

「源治郎さんにそんなことがあったなんて、想像もしなかったよ。どうして成仏しないのかな、この世にどんな未練があるのかなってぼんやりと思ってただけなんだ」

「人様の過去なんて誰にもわからないものだよ。わかっていると思っていても、それはほんの一部分だったりするのが普通だ」

「それはそうなんだけど……源治郎さんの未練ってやっぱり美園さんのことなのかな……美園さんがお亡くなりになったことをきちんと伝えれば成仏するんだろうか」

懐手をした父が「わからないな」ときっぱりと言う。

「最初に源治郎さんを引き留めたのは、美園さんへの思いかもしれないが、今となってはわからないだろう。実際のところ、源治郎さんより年が上だった美園さんがご存命かどうかも、源治郎さんには確かではなかったはずだ」

「そうだね……」

「そう思えば、源治郎さんをこの世に引き留めている思いはひとつではないはずだ。息子夫婦のことか、孫のことか。源治郎さん自身が現世でやりきっていないという思いが強いのかもしれない」

「じゃあ、どうすればいいんだろう？」

「それもわからない」

もう一度はっきりと父は言った。
「願以此功徳
平等施一切
同発菩提心
往生安楽国
つまり、やがては安楽浄土に往生しましょうということだ。慧海、私たちは源治郎さんが往生できるまで祈るしかないんだ」
慧海の目を見つめてから、父は合掌して静かに目を閉じた。

6

柴門が缶ビールのプルトップを開けて、慧海に渡す。

「それ気が抜けちゃったんじゃないかな。新しいのを飲みなよ」

「あ……、いや、大丈夫、もったいない」

「いいよ。気が塞いでいるときは、ぱっと贅沢も必要だよ」

開けっ放しで畳の上に置いていた缶ビールを慌てて取り上げようとする慧海を柴門が押しとどめる。

「……うん……悪い」

冗談めかす柴門の気遣いを慧海は素直に受け取った。

「どうした？　ぼーっとして。お疲れのご様子だ」

美園との過去を知ってから一週間、疲れているというより、悩んでいる。

あれから源治郎がまったく姿を現さないが、あの状態で成仏したとも思えない。松恩院で怨霊と化しそうな源治郎に慧海はかなり困っている。

「なあ……こんな話ってとんでもないんだけどさ……」

「何？　とんでもない話は好きだな。人生が豊かになる」

煮え切らない慧海に柴門は軽やかに答えて、自分も新しいビールのプルトップを開けた。

「もし、もしだけど、おまえがこの世に思いを残すとしたら何だ？」

「うーん……なんだろうな」

自分がこの世にいなくなったあとのことを想像してみろと言われた柴門は怒りもせずに、真面目な顔で考え込む。

「難しいな。生意気を言うようだけど、まだ若いから自分がこの世からいなくなるっていう感覚がないんだ。我が世の春とまでは言わないけどね。まだまだ時間はたくさんあるって感じてる。慧海は違うのか？」

「同じだ」

慧海はきっぱりと答える。

「だが俺は僧侶だ。年齢に関係なく、人がいきなりいなくなるのをおまえより知っている。

俺たちだって例外ではないんだと、調子に乗りそうなときは自分に言い聞かせてる。じゃないと修行がつらすぎるときがある」

「君はやっぱり真面目だよ。たまには真面目に付き合うか。心がきれいになりそうだよね」

半分冗談めかしたものの、柴門は考え込んだ。

「……そうだなあ……思い残すとすれば、やっぱり黎子さんのことかな」

それほど気張ることもなく柴門はかつての恋人の名前を口にした。

「彼女がどう思ってるかは別にして、僕は彼女……たちの人生に責任があるはずだ」

「うん……」

『たち』とあえて複数にした彼の気持ちがわかる慧海は、短く頷く。

柴門の元彼女の黎子と、彼の血を引いているだろうその娘の真歩《まほ》を慧海は思い浮かべたが、あえて口には出さない。

「今何もしないで彼女たちを遠くから見ていられるのは、僕にはまだ人生の時間がたくさんあると考えているからだと思うんだ。いつかきっと役に立てるはずだってどこか安直に信じているんだろうな……」

柴門は自分のおこないを俯瞰《ふかん》するように言う。

「だからもし、自分の人生が急に断ち切られたら、すごく後悔するはずだ。自分がし残したことは自分のせいだから諦めるけど、黎子さんにしてあげられなかった後悔はきっと最後まで残ると思う。黎子さんが僕のそんな思いなんか迷惑だと心から思っても、この気持ちからは逃れられない」

　自分の心を見つめるように少し俯いた柴門は視線を動かさない。

「僕は弱いし、我慢をするのは苦手だ。万が一のときにはあっさり成仏して楽になりたいと思うよ。それでも彼女たちのために苦しくても残りたいって強く願うかもしれない……もっともそのときになってみないとわからないけれどね」

　少し早口で柴門は言った。

　――彼女たちのために苦しくても残りたいって強く願うかもしれない。

(大切な人がいるってそういうことなのか……自分のことより相手のことなんだ……そうだよな。俺、全然駄目だ)

　頭ではわかっていても、その気持ちにまっすぐに辿り着けない自分に慧海は愕然とする。

　俺は僧侶だ。――などと柴門にさっき大見得を切ったことが恥ずかしい。

(源治郎さんが現世に残っているのも、そんな気持ちなのか……)

　目の前の友人が遠い人に見えた。

「ん？　どうかした？」

　無言になった慧海に柴門が邪気のない顔で聞く。

「いや……おまえって結構ちゃんと考えてるんだなと思ってさ」

「たまにね。っていうか、どうした？　もしかして源治郎さんのことか？」

　察しよく尋ねる柴門に慧海は「まあなあ」と曖昧に頷いた。

源治郎のあの過去は、たとえ柴門相手でも口軽く言ってはならないと慧海は感じる。源治郎の人生は、僧侶として彼を悼む役目を担う自分が、すべての責任を負うべきだ。

「最近出てこなくてさ」

「そうか……大変だな」

言えない言葉がわかっている顔で柴門は言う。

「源治郎さんが何を思って現世に残っているかはわからないけれど、人っていろいろあるからね。慧海ひとりが背負うことじゃないと思うよ」

「……そうなんだけど……俺は新米とはいえここの僧侶で、源治郎さんを供養する責任があるからな」

「でも、源治郎さんの過去の重さは慧海の手に負えない……ってとこかな……？」

何もかも理解しているように柴門はビールを手にしながら呟く。

「……でも人と分け合うわけにはいかないんだ。繰り返しになるけど、俺はこれでも僧侶なんだよ。満足に成仏もさせられなくてもな」

「そうだな。職業上の秘密は重い。それはお互いさまだ。人は皆秘密を抱えて生きているからね」

柴門はビールの缶を弄びながら言う。

「君がなんでも簡単に口にするような人間なら僕はわざわざ自腹でビールとつまみを買ってまでここには来ない。手ぶらでくるね」

彼らしいオチはついたが、慧海に対する信頼と励ましが滲む言葉は、僧侶として力不足を噛みしめている慧海の気持ちを強くする。

「こういうときはね、慧海。飲むに限るんだよ」

にっこりと笑った柴門が、またビールの缶を開けた。


源治郎の息子俊夫と妻の智恵《ともえ》が、月命日のお参りに来た。

「毎月来られればいいのですが……ついつい間遠になってしまって……」

お参りを終え、応接間に通された俊夫が申し訳なさそうな顔をする。

「みなさん、お忙しいですからね。なかなか思うようにはいきません。忘れないというお気持ちが大事なのですから、そう気に病むことはございません」

父の言葉に、茶を出していた慧海も頷く。

(ホントに一ヶ月どころか、一年だってあっという間に過ぎるよな……俺も毎日修行しているわりには、去年から著しく進歩したって気がしないもんな)

心の中で悲しみながら慧海は佐藤夫妻に冷茶を出し、向き合う父の隣に座った。

「暑い暑いと思っていても、あっという間に秋が来るんでしょうね」

「お父さんったら、気の早い」

汗を拭きながら言う俊夫の言葉に智恵がおっとりと笑う。

「いや、本当に佐藤さんのおっしゃるとおりで、私なんてもう今年の冬の寒さが気になりますよ。年ですかなあ」

（そうか、親父もそんな年か……毎日毛玉のついたスウェットじゃ駄目だな。ああいうのも買い換えないと生地が薄くなって寒いって、柴門がそんなことを言ってたっけ）

柴門に膝の抜けそうなジャージを注意されたことを思い出した。

「まだまだご住職はお若いでしょう」

夫が御上手を言うのを智恵は笑顔で聞いている。

檀家にもいろいろな夫妻がいるが、この佐藤夫妻はいつ見ても穏やかで、どちらものんびりとおっとり型だ。

「気分だけはそうありたいですがね……ところで、陽向くんはどうされてますか？」

「おかげさまで、元気にやっております。高校に入ってからは天文部に入りまして、毎日空を眺めていますよ。ああいうことに興味があるとは思いませんでしたが、誰に似たんでしょうかね」

息子のことを尋ねられて、俊夫は相好を崩す。

「陽向は最初に覚えた星はお祖父ちゃんに教えてもらった北極星だって言ってたわよ。お義父さん譲りじゃないの？」

「そうなのか？」

首を傾げる智恵に、俊夫も不思議そうな声を出した。

「ガールフレンドと一緒だから入部したのかと思っていたんだが」

「それはそうでしょうね。そっちのほうが理由なんでしょうけど」

智恵が面白そうな顔で頷く。

「ガールフレンドですか？」

「そうなんですよ、ご住職。もうすっかり大人のつもりなのか、いっぱしにガールフレンドがいるんですよ」

息子のことだというのに照れくさそうな顔で俊夫は頬を掻く。

(早紀ちゃんと一緒に天文部に入ったのか。星空デートとはセンスいいぞ、陽向くん)

礼儀正しかった若いカップルに慧海は素直に心の中で祝福を贈る。若者の恋にこれほど心が動くのは、源治郎の過去を知ったせいだろう。

(恋かあ……自由に恋ができるって幸せなんだな……そう思えば、俺も上手くいかなかった恋だったとはいえ、いい高校時代を過ごしたよ)

「いいですな、羨ましい。私たちの頃と違って、今の若い人はそういうことに自由で羨ましいですな」

(よく言うよ。高校のときに結婚相手を見つけたくせに。あんまり適当なことを言うと仏罰が当たるぞ)

いかにも自分は恋愛などに縁がなかった振りをする父に、慧海は内心で鋭く突っ込んだ。

「ご住職のおっしゃるとおり、時代は変わりましたね。でも、陽向にガールフレンドができて、父は喜ぶと思います」

「そうでしたな……確か、かわいいガールフレンドを連れて来いと発破をかけていたとかお聞きしましたな」

「そうですよ。捌けていたと言うかなんと言うかですよ。まったく」

俊夫は苦笑する。

「なんと言っても、父は、陽向より若いときに駆け落ちしたくらいなんですよ」

さすがに父も慧海も、俊夫が思っているのとは別の意味で驚く。

(息子さん、知ってたのか……源治郎さん、息子さんには美園さんのことを話していたのか？)

男同士で昔の恋の話をしたのだろうか、と慧海は思うが、父と息子で話すには少し生々しすぎて不自然な気もする。

(父親が母親以外の女性に思いを寄せていたってことは、あんまり聞きたくないよな。俺だって親父がそういう話をしだしたら、どっか悪いんじゃないかと心配するか、話を盛ってるなって絶対思う)

「駆け落ちですか？」

無駄に心配されているとも知らずに父が聞き返す。

「そうなんですよ。ご住職」

聞いてほしかったという勢いで俊夫が身を乗り出す。

「十二、三歳の頃らしいんですが、近所に住んでいたきれいなお姉さんがお嫁に行きたくないと言ったので、一緒に逃げたんだそうですよ」

「ほう……なかなか行動力がありますな」

「私もあの父にそんなことができたのかと驚きましたよ」

俊夫が思い出した顔で笑う。

「もっとも聞いたのは、陽向が生まれたとき一度だけです。祝い酒に酔ってぽろっとこぼしたんですよ。――おまえが智恵さんと結婚して、こんなにかわいい孫ができて、自分は本当に良かった、幸せだ。山に逃げたあのときはこんなふうになれるとは思ってなかった……って」

「山へ、ですか？　それはまた思い切ったことをなさいましたね」

父がさすがに上手く、驚いた様子を装う。

「そうなんですよ。そのお姉さんと手に手を取って夜中に裏山に隠れたって言ってましたよ」

その口調から、俊夫がこれをただただ面白い話だと思っているのが感じられた。

「随分《ずいぶん》と酒に酔っていましたから、適当な作り話だったのかもしれませんね。もし本当だとしても、かなり大げさに言ったんじゃないかと思うんですよ。滅多に自分のことをあれこれ話したり、昔話を面白おかしく話したりしない人でしたけれど、孫が生まれて舞い上がってましたからね」

「……どうなんでしょうかね」

同意も否定もせずに父が軽く受け流す隣で慧海も意見を控える。

——酔って言ったことに罪はないなんて絶対に嘘。心で思ってないことなんか、何があっても口から出てきやしないよ。

かつて聞いた柴門の言葉が真実なのを改めて感じながら、慧海は黙って聞く。

「そうですね。お義父さんは楽しいことが好きでしたから、そういう罪のない作り話はしたかもしれませんねぇ」

智恵がやんわりと夫に同意した。

「そうだな。……父は小さいときからやんちゃだったみたいですよ。よく作りかけの干し芋を取って祖母に叱られたそうですから」

「学校のかけっこで一番速かったって自慢なさってましたよね」

「つまらない自慢だけど、自慢できるのがそれぐらいだったのかな。そんな父でしたから、近所のお姉さんとちょっと冒険したことを、格好つけて言ったんでしょうね。よくある、若い頃のやんちゃ自慢みたいなもんでしょう」

俊夫が父の駆け落ち騒動を少年期の武勇伝と捉えているなら、そう思わせておくのがいい、と慧海は思った。

息子が父の苦悩を知り、追体験することを源治郎は望んではいないはずだ。

思い出話に楽しそうに笑う源治郎の息子夫妻に、慧海も笑いながら頷くだけにした。

「……ところで、ご住職。知人が納骨壇を探していまして……こちらにまだ空きがありますでしょうか」

ひとしきり話が終わると、俊夫が切り出した。

「ございますよ。佐藤さんのお求めになったものとは多少大きさのタイプは違いますが、……ご覧になりますか？」

商売っ気だけはたっぷりとある父が腰軽く立ち上がると、俊夫も「それでは」と言って立ち上がった。

「お父さん、見てきてくださいな。私は少し膝が痛いから、ここでお茶をいただいていますからね」

二人が出て行くと、智恵はゆっくりと茶を飲んだ。

「膝が悪いのですか？」

「いいえ」

気遣う慧海に智恵が微笑んだ。

「テニス部だった高校生のときに膝の靭帯を悪くして、手術をしているんですよ。でも今は特に何も問題はないんです。でも夫がそれを知ってますので、同行しないほうがいいときは、理由として使うことにしてるんです。ご心配は要りません」

「はぁ……そうですか……」

何食わぬ顔の智恵に慧海は気圧される。

「納骨壇購入は夫の知り合いの方の話ですからね、私が口を挟むことじゃありません。逆に何も知らないほうが上手くいくんです。知ってるとついつい何か言いたくなりますでしょう？」

「それは、そうですね」

知っていながら黙っていることの難しさをつくづく感じながら慧海は同意する。

おっとりとして見えるけれど、智恵という人はなかなか目端が利くのかもしれないと、慧海は認識を新たにする。

「……さっきの話、慧海先生はどう思います？」

少し面白そうな顔で鎌をかけるように智恵は慧海を見た。

「さっきの話？　ですか？」

智恵の真意がわからず慧海は警戒する。

「お義父さんが子どもの頃駆け落ちしたという話ですよ」

そこで智恵は不意に真面目な顔つきをした。

「……あの人はああ言っていましたけれどね……私は、それは違うんじゃないかって気がします。たぶんお義父さんは真剣だったと思うんです」

「そうなんですか？」

内心智恵の鋭さに驚きながらも慧海は表向きの平静は保つ。

「ええ、私はそう思います。たった十二や十三歳だって、その年なりに真剣な気持ちってありますでしょう」

「……はい、そう思います」

自分だって十七歳のときの恋は真剣だった。人は笑うだろうけれど、親より誰より、好きになった人が大切だと感じていた。

「そうですよね。でも夫にはわからないみたいなんです、父親には父親の顔しかないって思うんでしょうかね……あの人は良くも悪くも大らかで大雑把って言うのかしら……。言われたことが100%だと受け取るんです。裏なんて考えもしない」

智恵は憐憫に似た笑みを浮かべる。

「……もちろん裏なんてないと思うほうがいいんですけどね。……でも私は、お義父さんから別に聞いてることがあるんです……だから、夫とは違うふうに感じていますの」

笑いを納めて智恵は慧海を静かな目で見返してきた。

「お義父さんがお亡くなりになる一年ほど前なんですが、息子を、大事にしてやってくれって、言ったんです。ちょうど夫がいないときでしたよ」

「……そうですか」

慧海も彼女の目を見つめ、生きている源治郎が家族に伝えた言葉を受け止めるつもりで、答える。

「私はキッチンに立って料理中だったんですが、その私の背中に向かっていきなりでした。息子にはあなたしかいないから、俊夫はあなただけだから、よろしく頼むって」

「あなただけ……だから」

どういう意味だろうと慧海は口の中で繰り返した。

「最初はどういう意味かなと思いました。よくわからないまま、はい、と答えましたけど、私が納得してないことがわかったんでしょうね。今度は振り返った私の目を見て、もう一度言ったんですよ。自分は、妻の品子をまるごと大事にできなかったことを後悔している。でも息子は本当に智恵さんだけなんだよ……って」

源治郎がそこまで心の奥底を、智恵に見せていたことに驚いて、慧海は言葉がない。

「どうして急にそんなことを言ったのかは今でもわかりませんけど、虫の知らせって言うのでしょうかね、自分の先行きのことで、何か予感することがあったのかもしれません。だからそれまで隠していた胸の内を明かしてでも、私に息子のことを頼みたいと思ったんじゃないでしょうか」

「……そうですか……」

人は年を取るとそういう気持ちになるのだろうか、慧海はあやふやな心持ちで推し量るしかできない。

「それだけ言われれば、いくら私が鈍くても、ああ、お義父さんにはどなたか、お義母さん以外に思う方がいらしたんだなってわかりますよね」

「……まあ……そうでしょうか……」

肯定もできずにいる慧海に、智恵が笑う。

「若い人は、年を取ったら熱烈に恋をしたりしないし、道に外れた恋もしない。万が一そんなことがあれば、絶対に世間から許されないって考えているところがありますよね。いい年をして情熱を持つのが、みっともなく見えるんでしょうね……慧海先生もそうですか？」

「そんなことはありません」

慧海はきっぱりと言う。

決して息子夫妻には言えないが、霊体の源治郎は、霊体の雪乃といい雰囲気を醸し出している。もちろんそれは霊体とはいえ現世に残る二人にもたらされた、ちょっとしたプレゼントなのだけれど。それでも人は年齢に関係なく誰もが何かを愛すると、慧海は学んでいる最中だ。

「そうですか……年を取って姿が変わっても心の中にはあまり変わらないものがあるんですよ。私もこの年になってやっとわかりました。だからお義父さんのそういう気持ちが、別におかしいとも思わなかったんですよ。むしろ、お義父さんにも、何か別の人生を選ぶチャンスがあったんだろうなって感じたんです」

「誰にでもそれはあると思います」

「そうですよね」

智恵は何かを思い出すような視線を一瞬遠くへ投げた。

おっとりとして、今の立場を築き上げ、しっかりと守っているように見えるこの女性にも、何か違う人生になる機会があったのだろうか。

そうかもしれない――と慧海は素直に思う。

この人が幸せに見えるように、あの美園もそして源治郎も不幸せではなかっただろう。そして同時に揺らぐ思いもあったはずだ。

後悔と表裏一体のその揺らぎは、源治郎の人生に小さな影を落としていたのかもしれない。

源治郎は息子夫婦にそんな思いをさせたくなかったのだろう。

「だから私、わかりましたってもう一度、しっかり言いましたよ。俊夫さんは私を大切にしてくれていますから、私も大事にしますってね……それを聞いたお義父さんは、俊夫は自分とは違うな、良かったってすごく嬉しそうでした」

「……でもお義父さまだって、奥さんに酷いことをしたとか、ないがしろにしたというわけではないですよね？」

「そりゃそうですよ。お義父さんはいい人でしたよ。私が嫁いだときにはもう、お義母さんはお亡くなりになっていましたけれど、あのお義父さんが妻に冷たくしたとは思えませんよ。いつだって優しくて、穏やかな人でした。お義母さんにもすごく優しかったって、俊夫さんも言ってましたからね」

彼女の口調に迷いはなく、そのまま先を続ける。

「夫がね……お義母さんもすごくお義父さんを大切にしていて、本当に好きだったんだなって言うんですよ。お義母さんがお亡くなりになる少し前に、お義父さんに、ありがとう、って言ったということを、今でも涙混じりに話すんです」

「そうですか……」

別れる前に実のある言葉を口にできた人は幸運だろうと慧海は思った。

「ええ、『私でごめんね……でも、ありがとう。俊夫たちを頼みます』って言ったらしいです。私はお義父さんから聞いたんで、間違いないんでしょうね」

「ごめんね……ですか？」

どういう意味だろうと、首を傾げる。

別れが近いとこれまでの細々とした諍《いさか》いにたいしてまとめて謝っておきたい気持ちになるのだろうか。

（最期は楽しかったとか、わりといい人生だったとか、いっそ僧侶らしく往生安楽国《おうじょうあんらくこく》とか言いたいよな。……最後の最後まで謝るなんて一生修行で終わる人生みたいじゃないか。勘弁だよ）

一生修行の僧侶だというのに、若い慧海は笑い事ではなくそう考える。

「不思議ですよね」

慧海の疑問を察したように智恵も言う。

「夫は、とても仲むつまじいのに、この先連れ添えないことを詫びたんだろうって言うんです。まるで歌の文句みたいな言葉をまるまる信じてましたよ。でも、私は違うと思っています。もちろん口には出しませんでしたが」

智恵は微かに笑った。

「お義母さんはきっと、夫の心の中に自分以外の人がいるって知っていたんですよ。お義父さんも、『私でごめんね』って言われたときに、お義母さんが本当は自分の内心を知っていたんだろうと感じたはずです」

（なんだかすごいな。ドロドロなメロドラマですか……って感じだよ）

傍目には波乱などなく暮らしている人の複雑な心理戦に慧海はめまいがする。

（これだもん、衝動的に出家したいと思う人がいても不思議はない。こういうのをやり過ごして普通の生活を送ってるって、どんだけみんなタフなんだ）

だが智恵の口調はいつもと変わらず穏やかなままだ。

「でもお義母さんは、夫の言うとおり、お義父さんのことを本当に好きだったんだと思いますよ。だからこそ、知ってましたよ、って匂わせたんですよ」

目を細めて含み笑いをした智恵は、女性の顔を刻んだ能面に少し似ていた。

（なんか、迫力あるわ……この奥さん、これまでのイメージと違う）

内心僅かに怯む慧海に、智恵は笑いかける。

「最後に『私はあなたの心の内は知っていましたよ』と言うことで、お義母さんは永遠にお義父さんの心に住み着こうとしたんでしょうね」

「え？」

何それ？　という言葉をぎりぎりのところで飲み込んだ慧海に、相変わらず人の良さそうな顔で彼女は笑う。

「どんな人があなたの心の中にいても、あなたをまるごと受け容れたのは妻の私です。本当にあなたを理解し、愛していたのは私ですよ——って意味でしょうか？」

智恵はなんだか楽しそうに笑う。

「最後は長く連れ添った妻の勝ちってことなんですよ。慧海先生。一緒に暮らすってことは、きれい事じゃないんです。いいところも悪いところも見せ合って生きるってことですからね。上っ面の恋とは血肉が違います。きれいな思い出ばっかりの人なんかには絶対に負けませんよ。私にはお義母さんの気持ちがわかる気がします」

「はぁ……そうですか」

何故この人は結婚もしていない若造の自分に、結婚生活の醍醐味を伝授するのだろうか。相手が話したいことを聞くのも修行と言っていた父の言葉が、慧海の沸騰しそうな頭を駆け巡る。

(生々しすぎるな……親父、早く戻ってきてくれ。戻ってきてください、住職)

内心半べそをかきながら慧海は願うが、表向きはひたすら拝聴の姿勢を守る。

「お義父さんもそう言われてきっと、驚いたことでしょうね」

(そりゃそうだろうよ。俺がそのときの源治郎さんの立場だったら、心臓が止まる)

いつもふんわりしている源治郎の修羅場の数々を思って、慧海は胸の中で合掌する。

「でも、お義母さんはきっと、お義父さんの心にしっかりと自分を刻み込んだことで、満足して成仏されていると思います。結局のところ、ずっと思い出を大切にしているような純粋で優しいお義父さんが、好きだったたってことなんでしょうからね」

「……なら……良かったですね……」

極めて間が抜けた相づちになってしまったが、慧海としては他に言いようがない。

雪乃といい、源治郎の妻といい、女性は自分のやり方で成仏する人が多いのだろうか。

母の言うとおり、そんじょそこらの僧侶の経などでは成仏しないのかもしれない。

(偏見かもしれないけど、俺、女性の奥深さにはついて行けない。男性専門の僧侶になったほうがいいかも。そんなのがあるか知らないけどさ)

慧海は激しく悲観的な気持ちになりかけてきた。

「利口な方ですよね。お義母さん。釘を刺しつつ愛情もしっかりと伝える。未練を残さない、賢い逝き方ですよ」

ひとりで納得したように智恵は何度か頷いた。

「夫は今でも、夫婦の見本みたいな両親だった、理想の夫婦だったたって尊敬していますよ」

少しだけ突き放したような感情が混じる声だったが、慧海は気づかない振りをする。

「……そうなんですか……それはいいことですね」

「息子としてはとても幸せだと思いますよ。幸せな家庭に育つって何より幸せですからね。おかげで私にもとても優しい夫です。妻に優しくするのが上手な人です。お父さんの薫陶《くんとう》の賜でしょうかね」

　そこは他意が感じられない笑顔になった。

「お若い慧海先生には難しいかもしれませんが、お義父さんとお義母さんの駆け引きもやっぱり愛なんですよ。もちろん、あの人には言いません。優しくて少しばかり単純なほうが夫としてはありがたいんですよ」

　茶目っ気を見せる彼女に慧海は頷くしかなかった。

「お義父さんも成仏されましたから、今ごろは向こうでお義母さんに出会って、あのときはねぇ……なんて話しているんじゃないでしょうか」

「……だといいですね」

（もしかしたら源治郎さん、奥さんに会うのが怖くて成仏できないのか？　やっぱり生きているうちからせっせと徳を積めってことか？　それならもう間に合わないじゃないか）

　思い悩む慧海は、微妙な笑顔で答える。

「おかしな話をお聞かせしてすみませんね。お義父さんの納骨壇をお参りしたら、ついいろいろ思い出してしまいましてね……」

「いいえ……聞くだけしかできませんが……」

「それが難しいんですよ。聞けば意見も言いたくなるし、お説教もしたくなりますからね。ですから私は、余計なことはなるべく聞かないようにしてるんですけどね」

　智恵は自嘲するように言った。

「慧海先生はお年の割に聞き上手ですよね」

「……そうでしょうか？　父にいつも人様の話を聞くことが大切だと言われておりますので、機会があればお伺いするように心がけております」

「……慧海先生は、やはり最初からお坊さまになるつもりだったんですか？　何か他のお仕事と迷いはしませんでしたか？」

「寺に生まれましたから――」

慧海はそれだけを言って微笑んだ。

自分のおかしな能力に怯えて、中学生のときには僧侶になることを決めていたというのは口にできないし、なんの理由もなしに、中学生で僧侶になると決めたというのもなんとなく不自然だ。

「お寺に生まれても後を継がない方はいらっしゃるでしょうね」

「それはそうですね」

「でも、慧海先生は、お坊さまに向いていていますものね」

「そうですか？」

成仏させられない霊体を現在二人も抱え、自分自身も煩悩の林に迷っている有様では僧侶に向いているとはとても思えず、慧海は声に不信を滲ませた。

「ええ。なんというか……今みたいについついつい普段は決して口にしないことを話してしまうような雰囲気をお持ちですよ」

考えるように智恵は慧海を見つめて、僅かに首を傾げる。

「なんでしょうねえ……目でしょうかねえ」

「目？　ですか」

慧海は眦のあたりに手をやって、なんとなく自分の顔を確かめる。

「ときどき、私たちには見えないものが見えているような……不思議な目をしますよね」

（え――？　何それ？）

驚きのあまり立ち上がりそうになって、慧海はテーブルに両手でしがみつく。

「なんて言うんでしょうかね……、ああ、お釈迦さまが下界を見ているみたいな目ってこんなのかなあ……ってね」

「お、お釈迦さま……それは恐れ多い……は……は……あ、ぼーっとしてるだけかもしれません……すみません」

動揺のあまり慧海はテーブルに擦りつけるように頭を下げた。

「慧海、何をしている？　失礼がありましたか？」

ちょうど俊夫と戻ってきた父が、慧海の格好に驚く。

「いいえ、ちっとも」

おっとりと答えた智恵が、頭を上げた慧海に笑いかける。

「慧海先生とじっくりお話しできてとても楽しかったですよ」

「はい……とても楽しかったです」

身体中から冷や汗を流しながら、そう答えるのが精一杯だった。

（この奥さん、度胸もあるし頭もいいし、なんたって妙に勘もいい。おまけに怖い。もしかして人生の隠れ上級者か？）

戻って来た夫を優しい表情で労う智恵に、慧海は畏怖の念を抱いた。

7

久しぶりに入った居酒屋で慧海はメニューをじっくりと眺める。

「特別なこだわりのある店じゃなければ、だいたい似たようなメニューだし味も平均的だよ。そんなに吟味しなくても大丈夫だよ」

向かい側に座った柴門が笑う。

「いや、俺は滅多に外では飲まないから、後悔はしたくないんだ」

メニューから目を離さずに答えた慧海は、生ビールと一緒に慎重に選んだ鯖の塩焼きと豚の軟骨入り水餃子、ルッコラのサラダにナスのぬか漬けを注文した。

「一食入魂だね。でも今の時期、鯖は冷凍だよ」

「今は冷凍技術も優れてるからいいんだ。生き腐れてる鯖より冷凍のほうが絶対美味いだろう？」

「それはそうだ」

　スーツの上着を脱いで、柴門はシャツの袖を捲り上げる。

「こんなところまで呼び出して悪いな。たまには外で飲みたくてさ、別に飲んじゃ駄目だって言うわけでもないんだけど、家の側じゃなんとなく飲みにくくて」

　わざわざ松恩院から電車で一時間以上離れた場所にある居酒屋に誘ったことを慧海は詫びた。

「全然かまわないよ。毎回君の家じゃ悪いし。君のそういうハシビロコウ柄のシャツなんていう私服も見られるし、たまには外もいいよ。飲もうか」

　運ばれてきたビールを手に、慧海は柴門と形ばかりグラスを合わせる。

「この間さ、源治郎さんの息子さん夫妻がお参りに来たんだけどさ、俺、びびった」

　松恩院から離れた気安さもあって、慧海は自分にとっては衝撃の事件を打ち明ける。

「奥さんのほうがなんというか……すごい強者だった。すごくおっとりしていて夫を立てる古風な妻って感じに見えてたんだけど、全然違った」

「それって悪い意味で？」

「いや……悪くはないと思うんだ」

　智恵の言ったことを慧海は振り返る。

「手練れのピッチャーみたいに、剛球はないが、硬軟を使い分けるって言う印象だ。言い方は悪いけど、表の顔で粛々と夫に従い、裏の顔で夫を操るみたいな」

「なるほど、老練な参謀か。諸葛孔明《しょかつこうめい》的な」

ルッコラのサラダにドレッシングをかけて、柴門は慧海のほうに寄せる。

「そういう人はいるよ。というか、普通そうじゃないかな」

「そうなのか？」

訳知り顔の柴門に慧海は聞き返す。

「女性でも男性でも、生きていればしたたかにもなるだろう。そうじゃないと毎日傷だらけになるよ」

それはそうだと慧海も納得する。源治郎の過去を知った今、波風のない人生なんてありえないということが実感として迫ってくる。

「黎子さんだって、率直で公平な人で、魅力的だし尊敬もしているけれど、当然したたかな面はあると思うよ」

柴門の口から元恋人の名前がさらりと出た。

「キャリアを積んだ人間が世間的な計算や、相手の出方を見るしたたかな面がないのはおかしいよ。それは無垢じゃなくて、未熟って言うんだと僕は思う」

優しい口調で言い切った柴門は慧海をまっすぐに見つめる。

「ちゃんと生きていればしたたかになるはずだよ。困難があるたびに逃げたりしなければね……たぶんだけれど」

「……そうかもな」

智恵とのやり取りに驚いて迫力負けした自分と、目の前で兎のようにもしゃもしゃとルッコラを食べ始めた友人との違いに落ちこむ。

(俺ってちゃんと生きてないのかもな……未熟な僧侶だから霊体は成仏してくれないし、したたかな女性たちに翻弄されるんだろうな……ああ、こんな人生つらいです、御仏よ)

慧海は居酒屋の喧噪の中で、阿弥陀如来の慈悲を求めてから、ビールを飲む。

ルッコラを食べ終えた柴門もビールを飲み、満足そうな顔で口を開く。

「僕たちとその女性、あ、そうだ……結婚相談員として一言忠告するけど、今は奥さんって言わないいんだよ。配偶者、パートナーあたりがいい」

「そうなのか？　どうして？」

「家内とか奥さんは、家の中にいる人って印象だからね。主人も主従関係みたいだからアウト。無難なところでパートナーかな？　配偶者が同性ってことも今はあるから、妻もあんまりかな——というのをこの間会社で受けた研修で習った」

「はぁ……なるほどな……。そういえばそうかもな……でも、松恩院だと普通に奥さん、ご主人なんだよ。たぶん今の話を親父に言っても理解できないと思う。檀家との会話がぎくしゃくしそうだ」

「お寺と結婚相談所じゃちょっと存在の主旨が違うからね。僕もクライアントの御両親に向かっては、ご主人、奥さまになるよ。内心嫌な気分の女性もいるのかもしれないけど、こちら配偶者さまですか？　っていうのもなんかしっくりこない」

柴門も悩むように顔をしかめる。

「日本にもマダムみたいな言い方があるといいのになって思う——で、その慧海が言うところの奥さんは、生きてきた長さが違うから、そんなに気にしなくてもいいんじゃない？」

柴門が自分から話を戻した。

「おまえの気持ちはありがたいが、気になるんだよ」

慧海はもうひとつの衝撃を打ち明ける。

「なんでも知っていそうなエリート結婚相談員の柴門に聞きたいんだが……」

「なんだか嫌みだな。君らしくないけど、何？　わかることなら答えるけど」

軽く笑う柴門のほうへ慧海は身を乗り出す。

「人生の経験を積んで、おまえの言うしたたかな大人になると、ついでに超能力がセットされるとかあるのか？」

「何、それ？　ちょっと意味がわからないけど、どういうこと？」

「その奥さんさ……俺に、私たちには見えないものが見えているような不思議な目をするって言ったんだよ……」

えっ？　という口の形をしたまま柴門が慧海を見返す。

「ついでに、お釈迦さまが下界を見ているみたいな目ってこんなのかと思うってだめ押ししてくれたよ」

「……それは……ちょっと……」

さすがの柴門も言葉に詰まる。

「おまえから見て、俺ってそんなに変な方向を見てる？　宇宙人と交信してる的な感じがあるか？」

「いや……ないと思う……」

口元を覆って柴門は指の間から声を出した。

「そりゃあさ、僕は君が見えるのを知ってるから、視線が上に逸れたときは、ああ、いるのかな？　って思うけど、普通はわからないよ。せいぜい、雲を見てるのかな、とか何か思い出しているのかな、そんな感じにしか見えないけどね」

「だよなあ……あの人、やっぱり超能力あるのかなあ……？」

慧海がため息をついたとき、ビールジョッキを手にした柴門が、「あ、あれかな」と呟く。

「何が、あれかな、なんだ？」

「慧海が上を見るとき、念仏を唱えるみたいに口の中で何かを呟いたり、妙に一点集中で、念力を試すみたいなやたらと強い視線を送ったりするだろう？　あれじゃないかな」

「……そうだっけ？」

「うん。言われてみればあの眼差しは、ちょっと奇妙な印象があるよね。あれって勘のいい人が見れば、一般の人には見えない霊がいて、それに対して何かしてるんじゃないかって思うかもしれない……」

「……そうか……あれか……」

源治郎が浮かんでいるのを見るたび、念仏を唱えることもあれば、「とりあえず、この場から消えてください」と念を送っているのは確かだ。あのときにぶつぶつ言ったり、源治郎を見つめて視線に無駄な力を込めているのを目撃されたということか。

「納骨堂だけじゃなくて、境内でもやってるんだろう？　松恩院に来たときに見られたっておかしくないよ」

「僧侶が念仏を唱えたり、何かを念じることはそれほど珍しいことじゃないだろう？」

「いや、お坊さんでも掃除の手を止めてぶつぶつ言ったり、空中に念を送るような人を僕は慧海以外知らない」

「そうかあ……」

半信半疑だが柴門の言うことはそうそう外れていないような気がする。

「今度から気をつけるしかないか……それにしても、下界を見下ろすお釈迦さまはないよな。俺はそんな上から目線で人を見たことはないぞ。血の池で溺れている衆生《しゅじょう》に蜘蛛の糸一本だけ垂らして、人の心を試すなんてことはしない。クレーン車とは言わないが、ワイヤーぐらいは用意する」

「それは、ね。でも僧侶っぽい目つきはするよ」

「なんだよ、僧侶っぽい目つきって」

「ああ、これが人生か――っていう諦観を感じさせる目つき。それは正直僕も、慧海は人に見えないものが見えるからなのかって思うときがあるよ。若いのになんだか枯れている」

それはおまえのほうだろうという言葉を慧海は飲み込んだ。

少し前までは陽気な雰囲気で内心を見せなかった柴門だが、少しずつ変わってきている。

——ちゃんと生きていればしたたかになるはずだよ。困難があるたびに逃げたりしなければね。

彼はしたたかになることを決めたのかもしれない。間を取るように手にしたビールジョッキが何故か重たい気がして、テーブルに置き直した。

(だったら俺のほうがずっと逃げてるよ)

「そういえば源治郎さんは最近どう？　出てくるの？」

黙り込んだ慧海に、柴門がさりげなく話題を振った。

「……いや、さっぱり出てこないんだ」

「そうか。成仏したとかはないの？」

「だったらいいんだけど……。違うと思う」

運ばれてきた鯖の塩焼きの骨を、箸で一本一本外しながら慧海は言う。

「源治郎さんはたぶん、おまえの言うとおり、いろんな後悔があるから成仏しないんだと思うんだ」

「そうなのか？」

「うん……詳しくは言えないけど、大切に思っていた人たちを幸せにしきれなかったっていう気持ちが強いんだろうと」

源治郎と妻の品子が残したという言葉を智恵から聞いて、慧海はあれからいろいろ考えた。

源治郎は少年のとき、美園を助けられなかったという激しい後悔があった。その気持ちを消化しきれないまま、品子と結婚したのだろう。決して品子という人を愛してなかったわけではないだろうが、美園への気持ちとは違ったはずだ。

断ち切られた恋ほど激しいまま残る。

(俺だって万が一、次に誰かを好きになったとしても、高校時代の彼女への気持ちとは別だろう)

——お義母さんはきっと、夫の心の中に自分以外の人がいるって知っていたんですよ。

智恵の言うことはおそらく当たっているのだ。

ずっと傍らで源治郎の体温を感じていた妻なら、夫の心がふっと離れる瞬間を感じ取ることができたのだろう。

源治郎の優しさを愛し、夫との結婚生活は幸せでも、源治郎の気持ちがすっと離れるたびに、品子の胸に言葉にできない細《ささ》やかな悲しみが降り積もっていったのかもしれない。

けれど良くも悪くも、源治郎は気づかなかった。

美園を助けることはできなかったけれど、品子との家庭は幸せに築くことができたと考えていたのだろう。

だが妻に最期に手渡された言葉は、源治郎に二つ目の後悔を与えたはずだ。

自分は美園も、品子も本当の意味で幸せにできなかった——と。

その自分がこの先できることは、妻が自分に託した「俊夫たちを頼みます」という願いを成就することだと、思い決めたに違いない。

その強く激しい決意が、源治郎を現世に引き留めているのだろう。

「じゃあ、源治郎さんはその人たちを自分の手で幸せにしたくて、霊体になったまま未だにこの世にいるわけか？」

「正確には違う。その人たちはもうこの世にはいない」

「……そうか……源治郎さんのお年を考えればそうかもしれないね。じゃあ、源治郎さんは誰を幸せにしたいわけ？」

「大切な人が残した、大切な人たちだよ」

禅問答のような答えに、柴門は少しの間天井を見つめたが、「ああ、そういうことか」と頷く。

「気持ちはわかるよ」

またルッコラを摘みながら柴門はしみじみとした口調になる。

「僕だってもし黎子さんに何かがあったら、自分が霊体になっても真歩ちゃんを守りたいと願うよ。できないとわかっていてもね」

黎子とその娘の名前を淡々と口にする柴門は、元恋人への気持ちの整理がついてきているのかもしれないと、慧海は感じた。

(柴門ってどんどん大人になるんだな……)

かなり寂しい気持ちで慧海は鯖の骨取りに励む。

「でもさ、それって切りがないよ。たとえば源治郎さんが、お子さんやお孫さんを幸せにしたくて現世に残っているとして、無事に彼らが源治郎さんの望むように幸せになったとしても、またその先があるんだよ。お孫さんに配偶者ができて、お子さんが生まれるかもしれないだろう？　だったらつぎはその子どものことが気になる……永遠に続くと思うけどな……」

「確かに、君の言うとおりだ。終わりがない」

慧海は大きく頷いた。

「俺も、源治郎さんの気持ちはわかるんだ……いただきます」

すっかり骨を取った鯖に向かって慧海は気持ちを切り替えるように合掌した。

「この世を去るときに、し残したことがない人なんてほとんどいないと思う。その未練でこの世に残る人が確かにいるのを、俺は見ている」

「うん……そうだね」

「でも、遅かれ早かれその未練を消して成仏していく。それは、自然の摂理なんだよ、柴門」

箸を置いて、慧海は力強く言う。

「成仏するというのはとても幸せなことなんだ。肉体という入れ物を失った人が現世の幸せを求めるのは無理がある。苦しいだけだと思う」

柴門は静かに慧海の話を聞いている。

「源治郎さんの優しさはわかる。自分の成仏を差し置いても、大事な人を幸せにしたいという気持ちを尊敬もする、でも、やっぱりそれは違うんだ」

「うん……そうかもしれないね。霊体ができることは限られているだろうからね」

「そこなんだよ、柴門」

何気なく言っただろう柴門の言葉尻を慧海は捉える。

「現世のキャリアと、この世を去ってからのキャリアは違う」

冷えていく鯖を前に柴門が迷うように眉根を寄せた。

「……どういうこと？」

「さっきおまえが言っただろう？　無垢じゃなくて未熟。困難があるたびに逃げたりしなければ強くなれるって。——失礼を承知で言えば、源治郎さんは霊体として未熟なんだと思う。自分が現世を離れたことを受け止めきれないんだと思う」

慧海は自分の考えをまとめるために、じっと一点を見つめる。それが冷えた鯖であろうと、集中するのに差し支えはなかった。

「確かに源治郎さんは生前の経験は豊富だ。けれどこの世を去ったからには、その経験はゼロに戻るんだ。今度は霊体として成熟しなければならない。生きていたときにできたことを諦める覚悟がいるんだ」

「……覚悟か……それは結構つらいな」

「そうだ。源治郎さんのように強い気持ちがある人にはつらい。実際、以前に目の前で階段から落ちた子を助けられなくて、源治郎さんは酷く落ちこんだことがある。霊なんだから当たり前なのに、源治郎さんは今を生きているから、どうしたって後悔することになる」

「そうか……それもかなり厳しいな」

「だろう？　残酷なことを言うけれど、それと同じことがこのままなら絶対起きる。そんなふうに側にいるのに、何もできないつらさがやがて本当にやってくるんだぞ。息子さんに何があろうと、お孫さんがどれほど悩もうと、相談相手にもなれなければ、物理的に手を貸してもやれないんだぞ。そのとき、源治郎さんはもっと苦しまなくちゃならないんだ」

「慧海……」

　捲し立てるような慧海の気迫にさすがの柴門も飲まれる。

「父親や祖父が自分たちのために成仏せずに苦しんでいるとしたら、どう思う？　幸せにするどころか、不幸にしてしまうんだよ」

「……でも。息子さんたちがそれを知ることはないだろう……けど」

「知らなきゃいいのか？　俺はそうは思わない」

慧海は挑むように柴門を見る。

「源治郎さんが未熟なまま成仏できないのは、俺が未熟な僧侶だからだ。一番の責任は俺にある。自分の都合に合わせて調子よく頼ったり、逆に困ったときは成仏してくれと願ったり。源治郎さんが現世にいてもいいと思う理由を、僧侶の俺が作ってしまっていた」

「慧海……それは考え過ぎじゃないか？　たまたまの出来事なんだし」

「たまたまだから利用してもいいとはならない。俺は源治郎さんの成仏を、何を置いても願う立場の僧侶だということを忘れちゃいけなかったんだ」

柴門が取りなそうとしてくれるのを、慧海は拒絶する。

「おまえの言うとおり、困難から逃げていては駄目なんだ。このままでは俺は未熟な僧侶で終わってしまう。そうならないためにも。俺は源治郎さんを絶対に成仏させてみせる！」

いつにない慧海の迫力にあっけにとられる柴門の前で、決意を表明するように慧海は両手の拳を強く握りしめた。

8

洗い立ての真っ白い襟をつけた間衣に袈裟をかけた慧海は深呼吸をしてから納骨堂に

入った。
夏でも地下の空気はひんやりとしている。磨いた鏡面を思わせる納骨堂の空気の中を、慧海は足音を立てずに進み、佐藤家の納骨壇の前に立った。
数珠をかけた両手を合わせて、静かに目を閉じた。
「帰命《きみょう》無《む》量寿《りょうじゅ》如来《にょらい》
南無《なむ》不可思議《ふかしぎ》光《こう》
法蔵菩薩《ほうぞうぼさつ》因位時《いんにじ》
在世《ざいせ》自在王仏所《じざいおうぶっしょ》」
朝の勤行で唱える経文をいっそうの心を込めて唱える。
源治郎は成仏しなければならない。自分が絶対に源治郎を成仏させよう。
それが源治郎の幸せなのだ——時間が経てば経つほど源治郎はつらくなるはずだ。霊体である自分がもう役に立たないことを知るはずだ。
(その前に、源治郎さんを成仏させるのが俺の役目だ)
「道俗時衆《どうぞくじしゅ》共《ぐ》同心《どうしん》
唯可信斯《ゆいかしんし》高僧説《こうそうせっ》
南無阿弥陀仏
南無阿弥陀仏」
力を込めて経を唱え終えると、慧海はゆっくりと目を開ける。

「源治郎さん、いらっしゃいますか？」

しばらく待ったが源治郎が出てくる気配はない。だが今日はなんとしても源治郎に伝えたいことがある。

「そのままでいいので聞いてください」

源治郎のいる納骨壇に慧海は語りかける。

「少し前ですが、ここに女性がお参りにいらっしゃいましたよね？　源治郎さんが顔を見て驚いた方ですから覚えていると思います。あの方は、下田美園さんのお孫さんでした」

静まりかえった納骨壇に自分の声が吸い込まれていくのを感じながら慧海は続ける。

「美園さんという方は五年前にお亡くなりになったそうです」

微かに瓔珞《ようらく》が揺れる。

「それで美園さんの娘さんがお母さまの遺品を整理していたところ、源治郎さんとやり取りした手紙を見つけて、美園さんのお孫さんが、ここにお参りにいらしてくださったそうです。若い頃お母さまが親しくされていた方のことを知りたいと、僕に源治郎さんのことを尋ねておられましたよ」

供されている白いかすみ草がぽとんと落ちた。

「お孫さんが、お祖母さんは明るく楽しい人だったと言っておられました。わりと早くにご主人……配偶者を亡くされたそうですが、友人も多く、趣味や習い事に飛び回っていたそうです。……祖母は幸せそうに暮らしていたと、お孫さんが話してくださいました」

源治郎が聞いているだろうことを信じて、慧海は納骨壇に向かって語りかける。

「この間の月命日、息子さんご夫妻がいらっしゃいましたよね。あのとき、源治郎さんが昔、近所のきれいなお姉さんと駆け落ちしたという話を聞きましたよ」

慧海は納骨壇に微笑みかける。

「そのお相手というのが、美園さんなのですね……」

故人が隠したいと思っていることを口にする責任を噛みしめる。

「それは源治郎さんの少年時代の武勇伝だと息子さんは思っていらっしゃるようで、笑ってお話しされていましたよ……息子さんは源治郎さんのことを、いい父でいい夫だったと信じていらっしゃると、奥さまからお聞きしました」

相手の目を見るように、慧海は源治郎の納骨壇を見つめる。

「仲むつまじい理想の夫婦で、理想の両親だと迷いもなく思っていらっしゃるとも。智恵さんも、お義父さんはとてもお義母さんに愛されていたんです、と感じていらっしゃいました」

口を閉じて慧海は手を合わせる。

「願以此功徳
平等施一切
同発菩提心
往生安楽国」

（安楽浄土へ成仏してください、源治郎さん）

慧海の言葉に呼ばれたように、薄く源治郎の姿が現れた。

「お久しぶりです。源治郎さん」

それには答えず、源治郎は、慧海に向かって両手で大きなバッテンを作る。

「……それはつまり、成仏はまだしないということでしょうか」

一切笑いのない、至極真面目な顔で源治郎が頷いた。

「僕は一応ここの僧侶なので、源治郎さんを成仏させる使命があるのです。簡単にそうですか、というわけにはいきません」

源治郎が両の掌を慧海に向けて、「お気遣いなく」というように大きく首を横に振った。

「ですからそんなわけにはいきません」

決意を込めて慧海は源治郎に向き合う。

「源治郎さんが現世に留まっている理由はなんですか？　恨みつらみではないだろうと僕は思っていますが、違いますか？　どうしても晴らしたい恨みでもありますか？」

まさか——というように目を見開いた源治郎は音が出そうな勢いで首を左右に振る。

「そうですよね。僕もそうだと思っていました。息子さんご夫妻は幸せそうですし、陽向くんも無事高校に入学されましたし、かわいいガールフレンドもできたじゃないですか。ガールフレンドと一緒にお参りに来てくれるなんて、本当に源治郎さんは果報者だと僕は思います」

一瞬源治郎は嬉しそうに目を輝かせ、うんうんと頷く。

「でしたら現世に無理に留まる必要はないのではありませんか？　奥さまももう浄土においででしょう……」

さりげなく源治郎の様子を窺いながら水を向ける。

「智恵さんが、お義母さんとお義父さんは今ごろ向こうで、あれこれ楽しく話してると思うとおっしゃってましたよ。お義母さんは本当にお義父さんが好きだったからと……」

すっと真顔になった源治郎は少し俯き加減に首を横に振る。

顔を上げると、交差した両手を胸のあたりにあてて悲しそうな目をする。それから何かを載せたように左手の掌を窪《くぼ》ませ、右手でそれを撫でる仕草をしてから、切ない眼差しを慧海に注ぐ。

(掌中の珠、大切なものか……つまり奥さんを大切にしきれなかったということだろうな)

源治郎の過去の経緯から、慧海はそう推測できた。

「源治郎さん、そんなことはありません。たとえ奥さまが別れる前になんと言ったところで、幸せだったことは間違いありません」

つらそうな源治郎の目をしっかりと見て、源治郎の心に踏み込む責任を感じながら慧海は言い切る。

「源治郎さんが品子さんと過ごした幸せな日々は、一言で消えるようなものですか？　積み重ねた年月の重さは一言で崩れるんですか？　それならば、最期に気持ちを伝えられない場合は、何もかもそれまでの日々が消えるんですか？　違いますよね？」

この世の中には、最期に言葉を聞くどころか、大切な人のこの世からの旅立ちを見送れないこともあるけれど、その人の思い出は決して消えない。その人と培った幸せな日々は必ず、心とそして身体の細胞のひとつひとつに残り血肉となる。

大事なのは最期の言葉ではなく、育み合った日々だ――と慧海は信じ、それをどうしても源治郎に伝えたいと願う。

「息子の俊夫さんも智恵さんも、源治郎さんは家族を大切にし、周囲の人を幸せにしたと言っています」

それでも違うと、仕草で言い張りかける源治郎に慧海はたたみかける。

「周囲の人にそう見えたということは、それもひとつの真実だと思います。人の心中は複雑です。自分でさえどれが本当の気持ちなのかわからないときがあります。それならば、見えているもの、感じたものが真実でもあると、僕は思います。源治郎さんは間違いなく、周囲の人を幸せにしたはずです」

何かを考えるように慧海の口元を見ている源治郎から目を逸らさずに慧海は続ける。

「きっと美園さんだってつらいこともあったはずですが、周囲の方には幸せに見えてましたよ。源治郎さんは美園さんが幸せじゃなかったと思うのですか？」

目じりの皺に涙が溜まりそうなほど目を潤ませて、耳を両手で塞いだ源治郎は、慧海を睨んだ。

「……そんなこと想像したくもないですよね？」

そうだ――という顔で源治郎が唇を強く結んで頷く。両手で天井を指さし、両手を合わせる。その素振りはまさに、美園の曇りのない幸せを祈っていた。

「……源治郎さん、若造の自分が言うことなんて信用できないかもしれませんが、人は誰でも何かを残してこの世を去っていくものだと、僕は僧侶になってから学んでいます。たとえ百年生きようと、二百年生きようと、やり残したことや思いはきっとあるんだろうなと思うんです」

胸が痛むように源治郎が右手を心臓にあてて、目を細める。

「そしてそれは、現世に残る人が繋いでいくのが人の営みじゃないかと、考えるようになりました。家族のいる人は家族が、そうでない方は、これから生きる人たちが、きっとその人が残した思いを叶えてくれるときがくるはずなんです」

納得しないとでも言うように、源治郎が思い切り顔をしかめる。

「それに、何か残さなければ残された人が寂しいじゃないですか」

だが明るい声で慧海は源治郎に微笑みかけた。

「美園さんは手紙を残したから、お孫さんがわざわざここまで来てくれましたよね。現世で生きる者は、離れてしまった大切な人を思い出すきっかけがあるのは、ありがたいものなのです」

墓参りや法要で、親族や友人が語らうのを見ると、その人は決して逝ってしまったのではないのだと、慧海は感じる。

「大切な人のためにに何かをするというのは、とても幸せなことなんです。すっかり片付いて何もしてあげることがなければ、残された人はとても寂しいはずです」

源治郎が深く自分の話を聞いているのを慧海は感じ、自分の思いが源治郎に届いているはずだと、慧海は気持ちを強くする。

「だから源治郎さんが思い残したことは、息子さんご夫妻やお孫さんに任せるのがいいんです。源治郎さんが今、しなければならないことは、息子さんたちを信じてあとを任せ、立派に成仏することとです」

それでもまだ惑うように源治郎が慧海を見つめる。胸にあてた両手が微かに震える。

「源治郎さんの未練は息子さんやお孫さん、美園さんがあとを托した人たちを信用していないことに繋がると思います。信じてあげてください。源治郎さんが幸せにした人たちですよ。きっと大丈夫だと思いませんか？」

その言葉に、源治郎の胸から手が離れ、遠いところを見るように上を見あげる。

透けた下半身を取り巻く空気が陽炎《かげろう》が立つように揺れた。

(何を思っているのだろうか……)

僧侶として未熟な自分の言葉がどこまで届いたか慧海にはわからない。だが今の慧海にはこれが精一杯だった。

あたりの空気がしんとして、慧海は自分の心臓の音さえ聞こえる気がする。

やがてゆっくりと源治郎が慧海のほうに顔を向けた。

慧海の見つめる前で、源治郎の表情がこれまでとは変わっていく。

少年のような希望が溢れ、一切の迷いをぬぐい去ったように神々しく光り輝く。

「あ……源治郎さん……」

呼びかけにゆっくりと頷いた源治郎の目に静かな色が流れ、両手を合わせた。

何かを感じて思わず手を伸ばした慧海の指先を掠めるように、合掌した源治郎が徐々に薄れていく。

「ああ——源治郎さん……」

過去に何度か見た成仏の瞬間が源治郎にも訪れたことを知った慧海は合掌する。

慧海に礼を言うように一度頷いた源治郎は、やがて静かに消えていった。

（源治郎さん……）

さようならと言うのもおかしく、ありがとうと言うのもしっくりこない。

ただ慧海は源治郎やその家族、美園とその家族、関わった人たちすべてのものの平穏と幸せを祈りながら、心を込めて経を唱え始める。

「道俗時《どうぞくじ》衆等《しゅとう》
各発無《かくほつむ》上心《じょうしん》
生死《しょうじ》甚難厭《じんなんねん》
仏法復《ぶっぽうぶ》難欣《なんごん》」

（源治郎さん……）

慧海はいっそう強く手を合わせ、腹の底から声を出す。

「願以此功徳
平等施一切
同発菩提心
往生安楽国」

地下の納骨堂の壁に、残響が吸い込まれて静けさが戻ると慧海は目を開けた。

ゆっくりと佐藤家の納骨壇の扉を閉めてから一礼し、慧海は出入り口へ向かう。

納骨堂を出たとき、ちょうど階段を下りてきた父と視線があった。

「慧海……どうした？」

何かを感じたのか、父の声が湿り気を帯びる。

「源治郎さんが……成仏されました」

何故か声が掠れ、涙が出そうに鼻の奥が痛くなる。

「そうか……それは何より」

父は納骨堂へ向かって合掌し、目を閉じて頭を垂れた。

（そうだ、何よりなんだ……な、源治郎さんには幸せなことなんだ）

慧海も父に倣ってもう一度、手を合わせた。

「ご苦労だったな、慧海」

やがて顔を上げた父が、労うように慧海の肩に軽く触れた。

✦エピローグ

源治郎が成仏したのは本当に良かった。

自分も僧侶としてのステージが一段階上がった……かもしれない。

だが、なんというかもの寂しい——というのが、慧海の本音だ。

そんなときは柴門を呼び出すに限る。

「君から声がかかるとは嬉しいね」

コンビニのポリ袋を手にやってきたいつもと変わらない友人の顔を見ると、日常が戻ってきたようにほっとする。

「悪いな、いつも」

「全然。君の部屋は僕の別荘みたいなものだし」

会社帰りのスーツの上着を脱ぎネクタイを緩めた柴門は、畳の上に座る慧海の前に、入り口を背に胡座をかいて座った。

「それに僕、コンビニに行くの好きだしね。新商品がすぐわかる。でも、コンビニのポリ袋も有料化したから、エコバッグを持って歩かないといけないな。今日は忘れてしまった」

「もう有料なんだっけ？」

信玄袋を持ち歩いて、だいたいはそれに入れてしまう慧海は世間の動きに疎い。

「うん。……うちも会社の入会セミナーに来た人に、エコバッグプレゼントをやってもいいかもね。結婚してもしなくても必要だ」

「信玄袋タイプがいいぞ。意外にたくさん入る」

「へぇそうか。和柄にすると女性受けしそうだね。……最近は果汁がたくさん入ったのが人気なんだよね」

柴門が新製品らしい酎ハイをうきうきした様子で慧海の前に並べる。

「これは女性受けを狙ってるのか？」

「それはあるかもね。女性のほうがおおむね流行に敏感だから、企業としてはまず女性をターゲットに考えるんじゃないかな……。グレープとグレープフルーツとどっちにする？」

「グレープフルーツ」

「ＯＫ」

柴門がグレープフルーツ果汁入り缶酎ハイを慧海に渡し、自分はグレープの缶酎ハイを開ける。

「グレープフルーツって葡萄《ぶどう》みたいに房状に果実がなるんだよね。知ってた？」

「そうなのか？　あんなでかい果実が房になるのか……壮観だな」

「味は全然違うのに。グレープフルーツにすれば、葡萄のまがい物みたいな名前をつけられて心外じゃないか」

面白そうに笑う柴門に釣られて慧海も笑うが、その顔を見た柴門が何気なく言う。

「何かあった？」

「……うん……」

わざわざ慧海から呼び出すときは何か事情があると察しているのだろう。くだらない話で弛んだ空気の中でさりげなく切り出す友人に慧海は甘える。

「……源治郎さんが成仏した……一週間前だ」

一瞬時が止まったように、柴門が慧海を見つめた。

「そうだったのか……」

手にしていた酎ハイを畳に置き、柴門は手を合わせて目を閉じる。

その姿は見よう見まねではなく、心から出た動きだということが曲がりなりにも僧侶の慧海にはわかる。

柴門が源治郎を心から悼む姿に慧海は改めて源治郎が成仏したことを噛みしめた。

「……寂しくなるね」

「そうだな……寂しいよ。俺もいろいろ頼ったし、楽しい人だったからな」

合掌を解いて目を開けた柴門に慧海は素直に頷いた。

「でも、正直ほっとしたよ」

「まあそうだよね。いつまでもこの世にいるのも、それはそれで大変そうだ」

合掌を解いた柴門が、また酎ハイを手にして明るい声を出す。

「源治郎さんが無事に成仏したということは、この間居酒屋で所信表明したとおりになったわけだよね。つまり慧海は僧侶として成熟したってことになるわけだ」

「源治郎さんが霊として成熟したんだとも言えるけど、俺も僧侶の階段をひとつ昇ったってことかなぁって気はする」

少しだけ慧海は自分を評価してみる。こんなことが本山を初めとするお歴々にばれたら、なんという慢心、人は一生修行だと袋だたきに遭うだろうが、たまには自分を甘やかさないと耐えられないこともある。

(自分にご褒美って世間で言うじゃないか。我行精進《がぎょうしょうじん》　忍終不悔《にんじゅうふけ》、一生精進して堪え忍びますって心境に、俺は未だに到達できない)

グレープフルーツの果汁が混じったアルコールを身体に流し込みながら、慧海は僅かに自堕落な気分と開放感を味わう。

「そうだよね。僕たちまだまだ成長の余地があるんだよね。僕も難しいクライアントを成婚に導くと、カウンセラーとして階段を昇ったんだ、成長したんだって勝手に自画自賛するよ」

「だよな。じゃないとやってられないし」

「そう。やってられない」

顔を見合わせて二人で笑ったとき。すーっと入り口の襖の隙間から白い影が入り込んで来た。

「ん？」

「何？　どうした？」

慧海の視線を追って、柴門が入り口のほうを振り向く。

襖から滑り込んできた影が徐々に形を取り始める。

「雪乃さんか？」

「……あ」

答えることができずに慧海はゆっくりと形をなす霊体を凝視する。

笑みをたたえた福々しい丸い顔に、品のいい大島紬、どこからどう見ても佐藤源治郎だった。

「なんで……なんで……」

座ったまま後ろ手をつき、慧海は再び現れた源治郎の霊体から逃れようと足掻いた。

「どうした、慧海。大丈夫か！」

滅多にものに動じない柴門が、腰を抜かしかけた慧海を助けるように手を伸ばした。

霊体としてすっかり見慣れた形態に戻った源治郎がふわふわと近づき、慧海と柴門の間にふわんと位置どる。

「……あ……あ……」

まだ言葉が出ない慧海に満面の笑みを向け、畳に並ぶ缶酎ハイを指さした。

「そんな……まさか……飲みたいとか……？」

「慧海……もしかしたら、源治郎さんなのか？」

うろたえる慧海の視線を柴門が追う。

「……ああ……なんでか……わからない……けど……」

「それは……ちょっと……」

軽口が得意な柴門も上手い言葉が見つからないらしいが、慧海は金縛りにあったように意味のある言葉が出せない。

慧海と柴門の恐慌振りなどまったく眼中にないように、源治郎は軽やかにふわりと空中に座して、にこにこと缶酎ハイを指さしながら慧海を見つめた。

「……じょ、じょ、成仏したんじゃなかったんですか！」

あらん限りの力を込めて硬直状態から脱して、慧海は叫んだ。

柴門は喚く慧海と一緒に、源治郎がいるあたりの宙を見ている。

源治郎が右手の掌を広げて、落ち着けというように慧海に向かって数度突き出す。それから人差し指を天井に向けて、顔を上げてから大きく頷く。

「それは……成仏はしたということですか⁉」

両手を胸にあてて、源治郎は売り出し中のアイドルのように小首を傾げて首肯する。

「何をかわいい振りして誤魔化そうとしてるんですか！　成仏したならなんで戻ってくるんですか！」

「おい、慧海。成仏したのに戻ってこられるのか？」

「わかんないよ。俺だって！」

八つ当たり気味に慧海が叫ぶと、まあまあというように源治郎が掌で制してくる。

「どういうことなんですか！　源治郎さん」

噛みつく慧海に、源治郎がまず自分の胸を指さし、両手でハートの形を作った。

（これなんだっけ？　心臓……じゃなくて、気持ち？　だっけ）

もう二度と見ることがないと思った源治郎の仕草を解明しようと、慧海は驚愕のために停止している頭を必死に動かす。

慧海の視線の先で、源治郎がそのハートをふわっと上に持ち上げる。

「……気持ちが上がった？　何だそれ……」

「何？　慧海……」

慧海が源治郎と話しているときは口を挟むことがなかった柴門だが、さすがに気になるらしく遠慮がちに聞く、

「わからないんだ……ああ、もう……これってなんだと思う？」

混乱の極みで慧海は霊体のジェスチャーを解き明かす冷静さを失い、源治郎が見えていない柴門に助けを求める。

源治郎の仕草をそのままやって見せると。柴門も眉を寄せて考え込み、しばらく経ってから口を開いた。

「あ……もしかしたら……」

「わかるのか？」

「僕たちがさっき話していたあれじゃないか？　階段を昇るってこと」

「はぁ？　ハートが階段を昇るのか？　心臓キャンペーンか？」

「心臓キャンペーンって何？」

「俺も知らないよ！　心臓を大事にしましょう週間とかあるんじゃないのか？　三百六十五日必ず何かの日っていうんだからさ！」

自棄気味に喚く慧海に、柴門「あ、それなら知ってる」と少し調子外れな声を出す。

「世界心臓デーは九月二十九日だ」

「なんでおまえ、そんなこと知ってるんだよ！　ってか俺が聞いてるのはそんなことじゃない！」

「ああ、そうだね。ごめん」

柴門は落ち着こうとでもするように、両頬を軽く叩いた。

「つまりね、源治郎さんの魂が一段階上がったってことじゃないかな？」

二人の会話を面白そうに聞いていた源治郎は柴門に向かって親指と人差し指で作ったOKマークを出した。

「……当たりだってさ、柴門」

力なく慧海は教える。

「へぇ……じゃあ、やっぱり慧海の言うとおり、源治郎さんも霊として成長したんだね。霊もレベルが上がると成仏しても、現世に戻ってこられるんだ。すごいねぇ」

納得したのか、それとも考えることを放棄したのか、虚脱したようにそう言った柴門は缶酎ハイを手に取った。

だが慧海はそういうわけにはいかない。

「成仏した人が好きに戻ってこられたら、この世の中が霊体だらけになって現世だか、浄土だかわからなくなるじゃないですかっ！　そういうルール違反はやめてくださいよ……ほんとにもう……」

驚きすぎ、叫び疲れて肩を落とした慧海に源治郎が近づいてきて、慰めるように二の腕あたりを叩く仕草をする。

「何しに戻って来たんですか？　ご家族のことならもう大丈夫ですよ。源治郎さんも納得したんじゃないですか？　だから成仏されたんですよね？」

「そうだ」と言うように、源治郎は何度も頷く。

「じゃあ、なんでです？　遊び足りないとかですか」

邪険に聞くと「まさか」という顔で首を左右に振った源治郎は、慧海を指さす。

「俺？　ですか？」

「慧海のことが気になって戻ってきたわけ？」

すでに戦線離脱をした顔で聞く柴門に源治郎が頷いた。

「俺の何が気になるんですか？」

その言葉に、源治郎が慧海の胸のあたりで両手を使ってハート形を作り、ゆっくりと天井に持ち上げた。そして。右手を自分の額にかざし、上を見あげる。

（え……まさか……だよね？）

嫌な予感を抱きながら、慧海はそのジェスチャーを読み解く。

「つまり……それは……俺の魂のレベルというか、僧侶としての階段を昇るのを見守るってことで……しょうか？」

少し曖昧に頷いた源治郎はいいことを思いついたようにぱっと明るい表情になって、軽く握った両手をこめかみのあたりでくるくると回し始めた。

「はぁ……？　おい、柴門、これってなんだ？」

同じ振りをして見せると、柴門が右手に酎ハイの缶を持ったまま、左手で同じ仕草をする。

「……ああと……僕が思いつくのは、チアガールかな。ほら、丸いふわふわしたのを振るだろう？　あれかな」

その答えに源治郎がぱんぱんと音の出ない拍手をする。

「当たりだってよ……柴門」

「ということは、源治郎さんは慧海が一人前の僧侶になるまで、側で応援するって意味だね」

ばっちり正解というように、源治郎が右手の親指を突き出した。

「あ……そうですか……そうなのか……」

源治郎が成仏しない――正確には成仏しているが、何故か現世にいるということは慧海の僧侶としての実力のほどが知れるということだ。

(ああ、俺、マジで山伏になって霊という霊を折伏したい――)

「何も見なかったことにしてくれ――柴門。俺は、今、僧侶しての自分に絶望している」

慧海は呻き、畳に倒れ伏して目を閉じた。

「上には上があるんだねえ。仕方がないよ、俺たちまだまだ源治郎さんから見たら未熟だからさ」

缶酎ハイを飲み干した柴門が気の抜けたような声で笑う。

「俺はそんな仕方のない人生なんて嫌だ！」

一瞬顔を上げて怒鳴った慧海の目の中で源治郎がつやつやした顔で微笑んだ。

あとがき

こんにちは、鳴海澪と申します。

お手に取ってくださり、誠にありがとうございます。

本作は『ようこそ幽霊寺へ ～新米僧侶は今日も修行中～』の続編にあたります。

本を出していただく機会を得ると、続きのお話を想像することはありましたが、実現するとは思っていませんでした。お話をいただいたときはまず驚きがあり、じわじわと嬉しさがこみ上げてきたのを覚えています。

これもお読みくださった皆さまの後押しのおかげです。

ただ今回の源治郎さんのストーリーは、続編のお話をいただいてから考えたものではなく、当初から決めていた設定です。どういう理由で、源治郎さんが霊になって彷徨っているのか。その理由がなければ、源治郎さんを「優しく、明るい」霊として動かすことができませんでした。

この作品で、源治郎さんの過去を形にできたことに喜びと安堵を感じています。

お読みくださる皆さまにも、源治郎さんの過去の日々と、霊体として生きる（？）現在の姿を慈しんでいただければ嬉しく思います。

慧海は相変わらず、新米僧侶として失敗しつつ日々を過ごしていますが、彼の中に少しずつ僧侶としての気構えや、自分なりの考えが生まれています。

それは親友の柴門も同様で、自分の運命を受け容れ、他人をより深く思いやる気持ちを育もうとしています。

前作は『結婚・家庭』がテーマでしたが、今回は『恋』と『愛』に重点を置きました。

担当さまにも「今回は女性の情念がありますね」とご指摘をいただきました。

情念かどうかはわかりませんが、人を好きになる気持ちや、それによって生み出される希望、あるいは失望、傷心や勇気などを考えつつお話を組み立てたつもりです。

恋愛から遠ざかっている慧海と、一つの大恋愛に終止符を打った柴門もやはりそれらから逃れることはできません。彼らだけではなく、生きている限り、多くの人は『恋』や『愛』と名付けられる気持ちに翻弄されるのではないでしょうか。

恋に翻弄されるさまは、ときに滑稽に見えることがあります。

自分がその渦中にいないときは、適当にやり過ごせばいいのにと考えて、他人の苦しみを安易に考えてしまうことも当然あります。

ですが、人の気持ちはいつだって、ないがしろにしていいものではありません。

自戒を込めて、彼らにはできる限り悩んでもらっています。

読者の皆さまには、彼らの苦悩を見守りつつ、叱咤、応援していただければ幸いです。

カバーイラストを描いてくださったａｋｋａ先生、お忙しい中、本当にありがとうございました。

先生自らが考えてくださった柴門の私服は、私が脳内で描く柴門ファッションそのままというか、それ以上に柴門らしくて驚きました。書き手よりずっと柴門という青年の姿を摑んでくださっていることに、感動いたしました。

美しい木漏れ日の中、少し大人びた慧海の表情から垣間見える僧侶としての決意に、胸が熱くなります。

重ねて御礼申し上げます。

続編を書くチャンスをくださった編集の皆さま、本当にありがとうございます。すてきなサブタイトルをつけてくださったＩさん、今回も細々と面倒をみてくださったＨさん、そして刊行に携わってくださったすべての皆さまにこの場を借りて御礼を申し上げたいと思います。

最後になりましたが、この本を手に取ってくださった皆さまには、改めて心からの感謝を捧げます。

この原稿を書き始めたころ、ＣＯＶＩＤ―19による感染症対策として全国に緊急事態宣言が出されました。

静まりかえった街に反して、ざわつく気持ちをもてあまし、原稿に向かいながら心が揺れることもしばしばでした。ですが、すぐには会うことのできない大切な人たちのことをよりいっそう深く考える時間でもありました。

そして、多くの物事が止まり、動いていてもゆっくりでしかない日々の中、自分の書いたお話が育っていくさまを見つめ直しました。

編集の方、校正の方、イラストレーターさま、デザイナーさま、印刷所の方、本を売ってくださる営業の方、運送の方、取次の方、書店の方、それこそ数限りない人の手や長い時間を経てようやく『書籍』となることを、今さらながらに実感いたしました。

本を出していただけるのは幸運なことだと常々思っていますが、無事に形になり、皆さまに読んでいただけるのは、大げさでなく一種の奇跡のようです。

たくさんの方々の力が蓄積されたこのお話が、皆さまにとって楽しいひとときを過ごす手立てとなれば幸いです。

ながながとお付き合いくださり、ありがとうございました。

皆さまの平穏な日々を祈りつつ、またいつかどこかで、お会いできることを願ってやみません。

鳴海澪　拝

この物語はフィクションです。
実在の人物、団体等とは一切関係がありません。
本作は、書き下ろしです。

■参考文献
『うちのお寺は浄土真宗』藤井正雄 総監修（双葉社）
『うちのお寺は真宗大谷派　お東』板東浩 監修（双葉社）
『真宗大谷派のお経　お東』板東浩 監修（双葉社）
『なぞるだけで心が癒やされる　写仏入門』政田マリ 監修　小酒句未果 画（宝島社）
『ひらがなで読むお経』大角修 編著（KADOKAWA）
『福音書をよむ旅』井上洋治（日本放送出版協会）

鳴海澪先生へのファンレターの宛先

〒101-0003　東京都千代田区一ツ橋2-6-3　一ツ橋ビル2F
マイナビ出版　ファン文庫編集部
「鳴海澪先生」係

Fan
ファン文庫

ようこそ幽霊寺へ
～彷徨う霊の秘密の恋～

2020年11月20日　初版第1刷発行

著　者	鳴海澪
発行者	滝口直樹
編　集	石原佐希子（株式会社マイナビ出版）、濱中香織（株式会社imago）
発行所	株式会社マイナビ出版
	〒101-0003　東京都千代田区一ツ橋2丁目6番3号　一ツ橋ビル2F TEL　0480-38-6872（注文専用ダイヤル） TEL　03-3556-2731（販売部） TEL　03-3556-2735（編集部） URL　https://book.mynavi.jp/
イラスト	akka
装　幀	早坂英莉＋ベイブリッジ・スタジオ
フォーマット	ベイブリッジ・スタジオ
ＤＴＰ	富宗治
校　正	株式会社鷗来堂
印刷・製本	中央精版印刷株式会社

Fan
ファン文庫

ようこそ幽霊寺へ

新米僧侶は今日も修行中

著者／鳴海澪
イラスト／ａｋｋａ

お茶目な幽霊の力を借りつつ、凸凹親友コンビが参詣客の悩みを解決する心温まるお寺ストーリー

実家の寺・松恩院で日々お勤めに励む僧侶の慧海は、幼い頃からある不思議な能力に悩まされてきた。ごく普通に暮らしたいだけなのに、今日も寺にはさまざまな騒動が舞い込んできて――。